Doris Fürk

Pretty in Paris

PINK • Ein Imprint von Oetinger Taschenbuch

PINKpressum

2. Auflage 2017

Verlag Friedrich Oetinger GmbH, Imprint PINK,
Poppenbütteler Chaussee 53, 22397 Hamburg
Dezember 2015

Originalausgabe

Umschlaggestaltung: ZERO Werbeagentur
Umschlagmotiv: Mädchen: © Getty Images/Westend61
Hintergrund: FinePic®, München
Druck und Bindung: Livonia Print SIA,
Ventspils iela 50, LV-1002, Riga, Lettland
ISBN 978-3-86430-048-6

www.oetinger-taschenbuch.de

01

»MISTDING! MERDE!« Dieser blöde Ausziehgriff am Koffer hakt wieder einmal. Ich hätte einen neuen kaufen sollen. Aber jetzt ist es zu spät. Mein Schüleraustausch beginnt miserabel. Da stehe ich nun, mit einem Gepäckstück in Kleinwagengröße, und weit und breit ist kein Kofferwagen zu sehen. Zurück fliege ich auf keinen Fall mit diesem Folterinstrument. Ob es hier vielleicht Geschäfte gibt, die noch geöffnet haben?

Warum hab ich nur so ein Pech gehabt? Monique ist in München gelandet, Frederic in Berlin. Lilly und Michelle sitzen wahrscheinlich gerade in einem Kaffeehaus in Wien. Nur mich hat es in die Provinz verschlagen. Nach Salzburg. Wer verbringt denn seinen Schüleraustausch in Salzburg? Und da nicht einmal im Zentrum, sondern in einem reizenden dörflichen Vorort. So hat es jedenfalls die Agentur beschrieben. Ich will wenigstens in der Stadt wohnen!

Was ist, wenn die Vororte hier genauso schlimm sind wie die von Paris? Voller Straßengangs, Kleinkrimineller und Drogendealer?

Wenn ich daran denke, wie ich vor einem halben Jahr

durch die Banlieues gestreift bin, nur um André bei einem seiner Konzerte zu sehen. Und dann hat er mir bloß ein paar freundschaftliche Küsschen auf die Wangen gehaucht und mich seinen Kumpels als »eine Schulfreundin« vorgestellt. Dafür habe ich das Risiko auf mich genommen, in einer der miesesten Gegenden von Paris ausgeraubt zu werden.

Doch was soll ich sagen? Liebe macht blind. Im Nachhinein betrachtet, hat sich mein Einsatz gelohnt – hoffentlich. Gestern in der Schule hat er mir gestanden, dass er mich vermissen wird, und mir einen Kuss auf die Lippen gedrückt. Einen richtigen. Der dauerte zwar nur ganz kurz, weil dann Marc und Marie-Claire kamen, aber man küsst doch niemanden einfach nur so, oder?

Dummerweise bin ich nicht die Einzige, die auf André steht. Mit seinen eisblauen Augen, den schwarzen Haaren und der rauchigen Stimme ist er der Schwarm aller Mädchen. Keine Ahnung, was er machen wird, wenn wir uns drei Wochen lang nicht sehen. Hoffentlich trifft er keine anderen Mädchen … Merde. Ich will nach Hause! Zurück zu André, zurück nach Paris. Dort gehöre ich, Fabienne Henry, hin. Hätte ich bei der Anmeldung zum Schüleraustausch schon gewusst, dass André und ich … aber jetzt kann ich es nicht mehr ändern.

Ich habe die Flughafenhalle erreicht und sehe mich um. Doch außer meinem eigenen Spiegelbild in der Glasscheibe der Ausgangstür entdecke ich kein bekanntes Gesicht. Und selbst ich komme mir fremd vor. Abgerackert. Müde vom Flug und vom Kofferschleppen. Meine Schultern hängen runter. Meine langen honigblonden Locken sehen zerzaust aus. Ich seufze leise. Dieser Schüleraustausch ist die schlechteste Entscheidung meines Lebens.

Und überhaupt! Wo sind nur meine Gasteltern? So groß ist der Flughafen nun wirklich nicht, dass ich sie übersehen könnte. Mon Dieu, ist dieser Koffer schwer. Ich kugle mir gleich den Arm aus.

»Fabienne? Fabienne Henry?«

Ich wirbele herum, und da steht der Schwarzenegger und grinst. Er hat zwar graumelierte Haare, einen Bierbauch und einen Oberlippenbart, aber mit der breiten Nase und dem kantigen Kinn erinnert er mich stark an den Terminator.

»Oui«, rutscht es mir heraus. Mehr fällt mir nicht mehr ein, und das nach fünf Jahren Schuldeutsch.

»Prima! Ich bin der Peter Gruber, dein Gastvater. Komm, gib mir das Ding.«

Er schnappt sich meinen Koffer, als wäre er aus Pappmaché, und wendet sich zum Ausgang. Jetzt erst sehe ich die weiß gesockten Füße, die in braunen Sandalen stecken. Dazu passend trägt er eine kurze Trekkinghose und ein grün kariertes Hemd. Jetzt bin ich doch froh, den großen Koffer mitgenommen zu haben, trotz kaputtem Ausziehgriff. An Kleidung mangelt es mir nicht. Und drei Wochen überlebe ich auch in Salzburg.

Das verrostete Auto wirkt wenig vertrauenserweckend. Ich schätze, es ist mindestens doppelt so alt wie ich. Peter verstaut mein Gepäck im Kofferraum und deutet auf den Beifahrersitz. Als ich einsteige, schlägt mir ein merkwürdiger

Geruch entgegen. Es riecht irgendwie nach Schweinestall. Ob meine Gastfamilie auf einem Bauernhof lebt? Davon hat die Agentur gar nichts gesagt.

Auf der Rückbank herrscht ein ziemliches Durcheinander. Ich kann einen recht beachtlichen Baumsetzling, jede Menge Gartenzeugs, eine große Decke und einige Blumentöpfe ausmachen. Zum Glück ist der Beifahrersitz relativ sauber.

Eigentlich fände ich es ganz schön, wenn meine Gasteltern einen Bauernhof hätten. Ich liebe Tiere und Katzen ganz besonders. Zu Hause habe ich selbst eine. Sie heißt »Bastet«, weil sie aussieht wie die ägyptische Katzengöttin. Ihre fast nackte Haut bedeckt nur ein ganz weicher, zarter Flaum, und ihre Ohren sind riesig. Bastet ist eine Sphynx-Katze, und sie schreitet wie eine Prinzessin durch unsere Wohnung. Wenn ich Bastet streichle, dann schnurrt sie und stupst mit ihrer warmen Nase so lange gegen mein Bein, bis ich sie auf den Schoß nehme. Hoffentlich sorgt mein Austausch gut für sie.

Wir lassen die rot-weiße Schranke des Flughafenparkplatzes hinter uns und kommen an einem riesigen Shoppingcenter vorbei. Große Tafeln werben für bekannte Kleidungsmarken. Ich richte mich auf, um besser erkennen zu können, um welche Geschäfte es sich handelt.

»Das ist relativ neu hier. Ein Outlet-Center. Unsere Tochter Helene liebt es, dort nach Schnäppchen zu stöbern. Vielleicht möchtest du auch einmal einen Samstag hier verbringen. Ihr Mädels liebt doch shoppen, oder?«, fragt mein Gastvater.

»Oh ja, das wäre prima!« Ein Stein fällt mir vom Herzen. Salzburg ist vielleicht doch nicht so schlecht.

Wir fahren auf die Autobahn. Ich lehne mich viel entspannter als noch vor fünfzehn Minuten zurück und schließe einen Moment die Augen. Ein Fehler, denn Peter macht eine Vollbremsung. Automatisch reiße ich die Hände hoch. Hinten rumpelt es. Der Sicherheitsgurt schnürt mir die Luft ab. Herr Gruber flucht laut und unverständlich. Anscheinend hat ihn ein anderes Auto geschnitten. Vom Rücksitz dringt plötzlich lautes Gekreische nach vorn.

»So ein Blödmann! Tut mir leid, Fabienne. Alles in Ordnung mit dir?«, fragt mein Gastvater.

Ich nicke wortlos, während ich mich besorgt nach hinten umdrehe. Nun, da das Gartenwerkzeug am Boden verteilt liegt und die Decke verrutscht ist, sehe ich eine graue Transportbox. Genauso eine haben wir auch für Bastet, nur in Blau. Ich will gerade Herrn Gruber nach der Katze fragen, da ertönt ein ohrenbetäubendes Quieken, wie ich es noch nie zuvor bei einer Katze gehört habe. Ob sie sich verletzt hat?

Ich schaue noch einmal nach hinten – und glaube meinen Augen nicht zu trauen.

Im Katzenkorb liegt ein Schwein!

»Oh, unsere Susi ist wieder wach«, bemerkt Herr Gruber ungerührt.

Mit offenem Mund starre ich die Sau an, die nun zufrieden zu schmatzen beginnt.

»Mon Dieu!«, rufe ich überrascht.

»Darf ich vorstellen?«, fährt mein Gastvater fröhlich fort. »Das ist Susi, unser Hausferkel. Und das ist Fabienne, unsere Austauschschülerin.«

Die kleine Sau drückt ihre rosa Schnauze gegen die Gitterstäbe und grunzt vergnügt.

»Ein Hausferkel?«, frage ich erstaunt.

»Ja, Susi gehört Helene. Sie ist ganz zahm, wie ein Hund, und schläft gewöhnlich bei Helene im Zimmer.«

»Ähm ...« BEI MIR SCHLÄFT EIN SCHWEIN IM ZIMMER?

»Aber jetzt, wo Helene in Paris ist, kann Susi natürlich auch woanders schlafen.«

Ich mag alle Tiere, wirklich. Aber ein Schwein als Haustier?

»Du wirst Susi sicher schnell ins Herz schließen. Die Arme hatte heute Mittag eine Zahn-OP in Salzburg.«

Skeptisch mustere ich die Box und kann kaum glauben, wie sich meine Welt in der letzten halben Stunde verändert hat. Ein Schwarzenegger-Gastvater, ein Zimmerferkel mit Zahnschmerzen und ein Auto, dessen Verfallsdatum im letzten Jahrtausend liegt. Das ist wirklich nicht das, was ich mir vorgestellt habe.

Ich klappe den Kosmetikspiegel herunter und blicke hinein. Eigentlich sehe ich aus wie immer, nur etwas müder als sonst. Mein Teint ist blass, meine grünen Augen sind rot gerändert und die blonden Locken leicht zerzaust. Plötzlich muss ich kichern. Meine Situation erinnert an einen traurigen Abklatsch dieser Uralt-Doku-Serie: Paris Hilton auf dem Bauernhof.

Die Fahrt dauert eine halbe Ewigkeit. Susi will anscheinend mit mir Freundschaft schließen. Sie wimmert wie ein Baby, nur viel höher. Doch sobald ich mich umdrehe und in die Box gucke, hört sie auf. Also schaue ich immer wieder zu ihr nach hinten, während mich Gastvater Peter ausfragt.

Ob ich oft auf den Eiffelturm gehe, gerne Crêpes esse, schon mal Froschschenkel probiert habe, nur Haute Couture trage und meine Familie einen Renault oder Citroën fährt. Schon seltsam, welches Bild die Welt von uns Franzosen hat. Dabei fühle ich mich nicht besonders französisch, sondern ganz normal … Meine Gedanken kreisen meistens um André, die Schule, meine Freunde, Klamotten, Ausgehen, Musik, meine Zukunft – und nicht um den Eiffelturm oder die Beine von irgendwelchen armen Tieren. Ich esse überhaupt nichts, was Augen hat.

»Und stimmt es, dass die Österreicher am liebsten Wiener Schnitzel essen?«, kontere ich.

Peter grinst mich an. »Also ich schon, aber keine Sorge, wir wissen von der Austauschorganisation, dass du Vegetarierin bist. Erika, meine Frau, hat sich die letzten Tage stundenlang den Kopf zerbrochen, was sie für dich kochen kann. Du wirst uns ganz bestimmt nicht verhungern.«

War das ein Versprechen, mich zu mästen?

»Nein, sicher nicht«, sage ich versöhnlich.

»Wir Österreicher lieben auch Nachspeisen, Süßigkeiten, Aufläufe und Kuchen …« Genießerisch klopft Peter sich mit einer Hand auf den Bauch. »Ich mag besonders gern Marillenknödel. Hast du die schon mal probiert?«

Mit halbem Ohr höre ich noch, was Peter sagt, doch der

Blick aus dem Fenster lenkt mich ab. Inzwischen haben wir die Stadt endgültig hinter uns gelassen. Es wird grüner und grüner. Wald, Wiesen, Felder.

»Ähm, Herr Gruber?«

»Ja, Fabienne?«

»Wie weit ist Ihr Dorf eigentlich von Salzburg entfernt?«

»Ach, so an die fünfunddreißig Kilometer, aber ich verspreche dir, du wirst das Leben auf dem Land lieben. Kein Großstadtstress, keine Hektik, keine …«

»… Zivilisation?«, frage ich und umklammere mein Smartphone.

Peter lacht. Schweinchen Susi grunzt. KANN ES NOCH SCHLIMMER KOMMEN?

Zwanzig Minuten später kenne ich die Antwort. Schlimmer geht immer. Wir erreichen die Dorfeinfahrt.

»Willkommen daheim, liebe Fabienne«, sagt Peter und hält am Ortsschild. Ich lese den Namen darauf und kann es kaum glauben.

»Ich dachte, Helene würde in einem Ort namens Tarsdorf wohnen?«

»Ja, ja. Wir gehören zur Gemeinde Tarsdorf! Aber unser Ort heißt …«

»FUCKING?!«

»Na ja, so sprechen es nur die Engländer aus. Wir sagen Fuuuucking«, erklärt Peter und zieht das U in die Länge, wie bei Toulouse. »Ich weiß, viele finden unseren Ortsnamen komisch. Und ehrlich gesagt, wir eigentlich auch. Aber soll ich dir was sagen? In Fucking lebt sich's fucking good! Du wirst schon sehen.« Grinsend legt er den ersten Gang wieder ein. Mit einem Ruck fährt die Uraltkiste weiter, mitten in das winzige Dorf hinein. Ich entdecke eine Kirche, ein Wirtshaus, mehrere Bauernhöfe und Wohnhäuser, ansonsten nur Natur pur.

PARIS! ICH WILL ZURÜCK NACH PARIS!

02

DAS IST MEIN ERSTER FLUG. Wie schön die Wolken aussehen, wie Zuckerwatte. Wenn Mama recht hat, dann werden die nächsten drei Wochen die besten meines Lebens. Paris, die Stadt der Liebe, der Kunst, der Mode. Wie ich mich freue. Helene Gruber erobert die große, weite Welt.

Pling! Meine Sitznachbarin sieht mich skeptisch an. »Soll man Handys nicht ausschalten?«, fragt die magere, ältere Frau, und ihre silberblauen Löckchen wippen wie Sprungfedern.

»Nur beim Start und bei der Landung«, erwidere ich und krame in meinem Täschchen nach dem Smartphone.

Eine SMS. Wahrscheinlich hat mir meine Freundin Lena gesimst, die leider zu Hause bleiben musste. Ich wische über das Display, lese die Nachricht und erstarre.

»Alles in Ordnung, Kindchen? Brauchst du eine Tüte?« Die hagere Dame drückt mir einen Papierbeutel in die Hand.

Ich schüttle den Kopf. »Nein danke. Ich brauche wohl eher ein Navigationsgerät.«

»In der Luft?«, erwidert die Frau lächelnd. »Keine Angst,

Schätzchen. Der Pilot verfliegt sich schon nicht. Du kommst ganz bestimmt in Paris an.«

»Das befürchte ich auch«, sage ich und lese erneut die Nachricht.

Liebe Helene, leider müssen wir noch etwas Dringendes erledigen und können dich nicht vom Flughafen abholen. Bitte fahr mit der Métro ...

Die Schrift verschwimmt vor meinen Augen. Da versetzen mich meine Gasteltern eine halbe Stunde vor der Landung in einer Millionenstadt. Ob man den Piloten noch bestechen kann, zurückzufliegen?

Doch es leuchtet schon das Anschnallzeichen auf, und die Stewardess kontrolliert, ob die Gurte bei allen geschlossen sind. Ich atme tief durch und rede mir selbst Mut zu. Warum sollte ich es nicht schaffen, mit der Métro zu meiner Gastfamilie zu fahren? Immerhin bin ich Klassenbeste in Französisch ... aber wie viel bringt mir ein knappes Jahr Schulfranzösisch wirklich? Oje, ich darf jetzt nur nicht in Panik geraten.

Das Flugzeug ruckelt. »Leichte Turbulenzen«, informiert uns der Kapitän. Ich werde gegen die Flugzeugwand gedrückt, und mir kommen die Tränen.

Die ältere Dame sieht mich besorgt an. »Keine Sorge, Kindchen. Wir stürzen schon nicht ab.« Sie zieht ein Stofftaschentuch hervor und gibt es mir.

»Danke. Tut mir leid, ich bin nur so nervös«, flüstere ich und wische mir über die Augen.

»Kein Problem. Ist wohl dein erster Flug, hm?«

Ich nicke. »Ich mache einen dreiwöchigen Schüleraustausch. Und meine Gasteltern holen mich nicht einmal ab. Ich soll … mit der Métro fahren!« Tränen kullern mir über die Wangen. Ich kann gar nichts dagegen tun.

»Ach, Kindchen. Das ist doch nicht so schlimm. Du hast doch bestimmt die Adresse.«

Ich lege den Kopf zurück und schließe die Augen. Es mag schon sein, dass andere in meinem Alter kein Problem damit haben, sich allein in einer Großstadt durchzuschlagen. Doch bislang war ich noch nicht mal allein in Salzburg, und nun soll ich mich in einer Millionenmetropole zurechtfinden?

Ich balle die Fäuste. »Ich schaff das, ich schaff das, ich schaff das«, flüstere ich mir Mut zu.

Mein persönliches Mantra, und als ich nach der Landung durch die Halle gehe, glaube ich es sogar … zumindest für eine Minute.

Die Menschen am Flughafen laufen wie die Ameisen wild durcheinander. Es herrscht ein lautes Gewirr aus Stimmen und Sprachen. Küsse werden verteilt, Tränen weggewischt, Umarmungen verschenkt, es wird gelacht und geredet, eine Ansammlung glücklicher Pärchen und Familien … nur ich stehe hier ganz allein inmitten der Menschenmassen. Niemand, der auf mich wartet. Keiner, der mich empfängt. Hilflos sehe ich mich um.

Plötzlich steht die alte Dame wieder neben mir. Sie zeigt nach rechts. »Zur Métro geht es da entlang. Aber wenn du dir unsicher bist, dann nimm dir doch ein Taxi.« Lächelnd winkt sie einem älteren Herrn im Nadelstreifenanzug zu, der aussieht, als wäre er direkt einem Schwarz-Weiß-Film entsprungen. »Ich wünsche dir eine schöne Zeit in Paris. Du wirst sehen, wer einmal hier war, kommt immer wieder.«

»Da… da… danke«, stammele ich leise.

Doch sie hört mich nicht mehr, weil sie sich schon dem Mann zugewandt hat. Die beiden fallen sich in die Arme. Ich komme mir dumm vor, sie länger anzustarren, und mache mich auf die Suche nach dem Taxistand. Eigentlich wollte ich nicht schon am Ankunftstag mein ganzes Taschengeld ausgeben. Gern hätte ich für meine Familie ein paar Souvenirs mitgebracht, zum Beispiel ein cooles Mousepad für meinen Bruder. Er ist ein echter Computerfreak, was ganz gut ist. Schließlich können ältere Brüder ziemlich ätzend sein. Florian hockt aber die meiste Zeit vor dem Bildschirm und stört niemanden.

Ich schlängle mich zum Ausgang durch und entdecke direkt vor der Tür einen Taxistand. Was für ein Glück!

Nun müsste ich nur noch wissen, was das Licht oben am Dach bedeutet. Ist weiß frei und orange besetzt, oder war es genau umgekehrt?

Vorsichtig klopfe ich an die Fensterscheibe eines Taxis. Der Fahrer lässt die Scheibe ein Stück hinunter und brummt: »Non, Mademoiselle, vous …« Ich verstehe ihn nicht, so schnell quasselt er. Dann fährt er plötzlich, ohne ein weiteres Wort zu verlieren, die Scheibe wieder hoch und starrt nach vorne, als wäre ich gar nicht mehr da.

Unschlüssig stehe ich da, mit meinem rosaroten Trolley, und weiß nicht, was ich tun soll. Wenn doch Lena hier wäre, oder wenigstens Florian. Der könnte mit seinem iPad die schnellste Verbindung in die Innenstadt herbeizaubern und mich wie ein lebendiges Navigationsgerät durch Paris lotsen.

»Mademoiselle? Mademoiselle?«

Ich dreh mich um. »Meinen Sie mich?«, frage ich den jungen, dunkelhäutigen Mann mit der bunten Mütze und dem Punkt auf der Stirn.

»Oh, Allemande, du suchst ein Taxi? Meins ist frei!«, antwortet er lächelnd und entblößt eine Zahnlücke zwischen den Vorderzähnen.

Ich muss wohl automatisch Deutsch gesprochen haben. »Österreich – Autriche«, sage ich und halte ihm den Zettel mit der Adresse hin.

Er nickt und nimmt den Zettel. »Schön. Wien. Ich habe Familie dort. Meinen Bruder. Komm, gib mir deinen Koffer.« Die Fahrt dauert ziemlich lange, und Jai, so heißt der Taxifahrer, erzählt mir in gebrochenem Deutsch seine halbe Lebensgeschichte, dass er eigentlich studiert und acht Sprachen spricht … Ich brauche gar nicht viel zu sagen. Er schwärmt begeistert von Indien und seiner Familie, seinem großen Bruder in Wien und dem Kaiserschmarrn seiner Schwägerin. Allerdings kann ich ihm nur schwer zuhören, so schnell saust er um die Kurven, überholt und hupt, wenn ihm jemand im Weg steht. Mir wird richtig schwindelig bei dieser Irrfahrt durch Paris.

»Das ist doch der Triumphbogen!«, rufe ich aufgeregt.

»Ja, wir sind gleich da«, sagt Jai und grinst mich durch den Rückspiegel an.

»Gleich da«, murmele ich und kann meinen Blick nicht von der Prachtstraße lösen.

Als wir den Triumphbogen fast erreicht haben, biegt Jai ab und hält keine fünfhundert Meter weiter am Bordsteinrand.

»So, da sind wir auch schon. Das macht 47,70 Euro.«

Stirnrunzelnd betrachte ich den Zettel mit der Adresse meiner Gastfamilie. »Sind Sie sich sicher, dass es hier ist? Nummer fünfzehn? Ich wollte eigentlich zu meiner Gastfamilie und nicht zu irgendeiner Sehenswürdigkeit.«

»Das ist die richtige Adresse. Eine gute Adresse, die deine Familie da hat.«

»Aha«, erwidere ich ungläubig.

Das Haus Nummer fünfzehn sieht aus wie ein Museum. Alt, klotzig und pompös. Und hier soll ich wohnen?

Ich krame in meinem Portemonnaie und gebe Jai fünfzig Euro. »Stimmt so«, sage ich und steige aus.

»Warte, ich helfe dir mit dem Koffer.« Jai springt aus dem Auto, lädt den Koffer aus und drückt ihn mir in die Hand. »Und falls du mal wieder ein Taxi brauchst, ruf an, okay?« Er gibt mir seine Karte und zwinkert mir mit seinen großen schwarzen Augen zu.

»Mach ich, danke.«

Staunend gehe ich auf das Eingangsportal zu. Die große Tür öffnet sich automatisch, und ich betrete eine Halle mit glänzenden Marmorfliesen und stuckverzierter Decke. Hinter einem Empfangstresen sitzt ein bulliger Pförtner, der müde von seiner Zeitung hochblickt. Ich schüttle den Kopf und will schnell wieder hinaus. Vielleicht ist Jai noch da. Er hat sich bestimmt in der Straße geirrt.

»Mademoiselle Gruber? Willkommen. Bienvenue. Madame Henry erwartet Sie schon. Oben im Penthouse.« Der Portier nickt mir erwartungsvoll zu.

Verunsichert sehe ich ihn an. Kann es sein, dass ich direkt in einem Hollywoodfilm gelandet bin? Auf jeden Fall fühle ich mich im Moment so.

»Ähm. Merci, Monsieur. Ganz oben?«, frage ich nach.

»Oui, Mademoiselle. Oben. Im Penthouse«, erklärt er freundlich und zeigt auf den Fahrstuhl.

Ich hole tief Luft, straffe meine Schultern und gehe zum Lift. Die auf Hochglanz polierten Türen schweben zur Seite. Langsam drücke ich auf die Acht und beobachte, wie sich die gläsernen Türen geräuschlos schließen. Es ist wie in diesem einen Film, den Mama so liebt: *Pretty Woman*. Zugegeben, der Vergleich hinkt etwas, aber ich komme mir vor wie Aschenputtel in dieser Glitzerwelt. Fehlt nur noch der Märchenprinz. Übermütig dreh ich mich im Fahrstuhl. Wenn das kein Grund zu tanzen ist, dann weiß ich auch nicht. Ich fühl mich richtig *Pretty in Paris*.

Wenn meine beste Freundin Lena erfährt, wo ich gelandet bin, wird sie sich bestimmt in den Hintern beißen, dass sie nicht beim Schüleraustausch mitgemacht hat. Es ist unglaublich: Ich, Helene Gruber, werde nur ein paar Hundert Meter von den Champs-Élysées entfernt in einem Penthouse wohnen!

03

MEINE GASTFAMILIE wohnt tatsächlich in einem Bauernhaus. Eigentlich ist es sogar ein richtiger Hof, bestehend aus vier großen Gebäuden, die durch Tore miteinander verbunden sind. Peter Gruber lenkt den Wagen durch eines der riesigen Scheunentore in den Innenhof.

Vor dem Wohnhaus trippelt eine brünette, etwas rundliche Bäuerin auf und ab, die hektisch mit zwei kleinen französischen Fähnchen wedelt und über das ganze Gesicht strahlt. Neben ihr steht ein in sich zusammengesunkener Junge, vermutlich mein Gastbruder. Er starrt auf den Boden, und ich kann mir gut vorstellen, dass er sich für seine begeistert herumhüpfende Mutter schämt. Mir würde es wahrscheinlich genauso gehen.

»Das sind Florian, mein Sohn, und Erika, meine Frau. Die beiden freuen sich schon sehr, dich kennenzulernen«, erklärt Herr Gruber und stellt den Motor ab.

Während mein Gastvater Susi aus ihrer Box befreit und den Koffer auslädt, stürmt Frau Gruber auf mich zu und schließt mich in die Arme. Ein süßer Vanilleduft steigt mir in die Nase.

»Fabienne, schön, dass du da bist. Hattest du eine gute Reise?«

»Ja, danke, Frau Gruber«, murmele ich, etwas überrumpelt von so viel Herzlichkeit.

»Erika. Nenn mich bitte Erika. Du bist bestimmt müde vom Flug. Komm herein in die gute Stube, ich hab eine kleine Mahlzeit für dich gekocht.«

Sie schiebt mich in Richtung Haustür. »Ach, und das hier ist Florian«, stellt sie mir den Jungen im Vorbeigehen vor.

»Hallo, Fabienne, schön, dass du da bist«, sagt dieser gelangweilt und sieht mir kurz in die Augen. Im nächsten Moment ist er knallrot im Gesicht, und ich muss ein Kichern unterdrücken. Wie es aussieht, ist Florian etwas schüchtern.

»Hallo, Florian«, sage ich, und er wird noch eine Spur röter.

Wir gehen hinein. Herr Gruber und Susi folgen mit etwas Abstand. Im Inneren des Gebäudes ist es dunkel, was an den ziemlich kleinen Fenstern liegt. Die Decken sind niedrig, und schwarze Holzbalken verlaufen über den ganzen Plafond.

»Unser Vierseithof ist zweihundert Jahre alt. Damals hat man so gebaut, und wir haben das Haus unverändert gelassen. Das ist sicher ungewohnt für dich«, meint Erika lächelnd.

Ich blicke mich um und erwidere: »Wir wohnen auch in einem sehr alten Haus. Aber bei uns sind die Räume ganz hoch, die Decken voller Stuck und die Fenster riesig.«

»Komm, lass uns in die Stube gehen. Ich hab eine Kleinigkeit für dich vorbereitet«, wiederholt meine Gastmutter.

Sie führt mich in ein großes Esszimmer. Auf dem Tisch türmen sich Mehlspeisen, Käselaibe, verschiedene Brotsorten, Obst und Gemüse. An den Deckenbalken hängen Girlanden in den französischen Nationalfarben, und auch die weißen Stoffservietten sind mit blau-roten Schriftzügen bestickt. Ich bin gerührt, dass die Familie so einen Aufwand für mich betrieben hat.

»Schau. Dort sitzt du, wo das T-Shirt mit deinem Namen liegt.« Erika zeigt auf einen gedeckten Platz.

Ich trete näher und muss schrecklich lachen. Es ist keine Stoffserviette, die neben meinem Teller liegt, sondern ein zusammengefaltetes T-Shirt. Ich halte es vor mir hoch. WILLKOMMEN IN FUCKING, FABIENNE, steht da in geschwungenen Buchstaben.

»Das hab ich für dich gemacht. Ich hoffe, die Größe passt.« Erwartungsvoll blickt mich meine Gastmutter an.

»Ganz bestimmt. Das ist sehr nett von Ihnen. Mir hat noch nie jemand etwas selbst gestickt«, sage ich.

»Erika, nenn mich bitte Erika.« Sie strahlt und sieht dabei ganz jung und vergnügt aus, gar nicht mehr so bäuerlich und altmodisch wie vorhin auf dem Hof.

Plötzlich stürmt Susi zur Tür herein und macht es sich unter dem Tisch gemütlich. Es ist zwar niedlich, aber auch irgendwie komisch, dass Susi wie ein Hund behandelt wird. Vielleicht fühlt sich die kleine Sau schon wie ein Dackel und hat inzwischen ganz vergessen, dass sie ein Schwein ist.

»Komm, setz dich und greif zu. Nach dem Essen zeige ich dir dein Zimmer und den Rest des Hauses«, sagt Erika.

»Gern«, entgegne ich. »Könnte ich nur vorher kurz ins Badezimmer, mich frisch machen?«

»Aber selbstverständlich!« Meine Gastmutter zeigt mir den Weg.

Ich bleibe ein paar Minuten länger als nötig vor dem Waschbecken stehen. »Fabienne Henry, da hast du aber eine ganz außergewöhnliche Gastfamilie erwischt«, sage ich zu meinem Spiegelbild. Es lächelt mir aufmunternd entgegen. Na ja, auch wenn meine Schulfreunde in größeren Städten gelandet sind, bezweifle ich, dass sie nach ihrem Austausch mehr zu erzählen haben als ich. Wer hat schon ein echtes Schwein am Esstisch sitzen?

Die ganze Familie hat am Tisch Platz genommen, und das kleine Ferkel hockt grunzend unter dem Tisch. Zum Glück hat sie es sich bei Peters Füßen bequem gemacht, sodass ich wohl keine Angst haben muss, dass sie mir zwischen die Beine läuft. Dennoch nehme ich vorsichtig Platz, um das Tier nicht auf dumme Gedanken zu bringen.

»Flo, pack dein Handy weg. Das gehört sich nicht«, ermahnt Peter seinen Sohn.

Florian guckt ihn groß an. »Ich dachte, ich soll den Fucking-Blog auf dem neuesten Stand halten? Wäre doch gut, ein paar Fotos von unserem Willkommenstisch hochzuladen.«

Peter seufzt.

Siegessicher grinst Florian mich an. »Ich zeig dir später meinen Blog. Ich hab 'ne echt coole Homepage für unseren Ort gebastelt. Da kommt alles rein, was gerade aktuell ist. Ich poste jedes Fest, jeden Klatsch und Tratsch und natürlich auch dich – unsere exklusive Austauschschülerin. Wir haben übrigens auch einen Fucking-Chat für die Fuckinger Jugend.«

Er spricht den Ortsnamen einmal Englisch und einmal Deutsch aus, während er weiter ungeniert auf seinem Smartphone herumtippt. Ich muss kichern. Flo ist ein waschechter Nerd, es fehlen nur noch die Hornbrille und eine Zahnspange.

»Weißt du, Fabienne, seit wir den neuen Handymast haben, ist das Internet bei uns echt schnell. Ich bin jetzt daueron und kann fast alles mit dem Handy machen.«

Ich ziehe mein Smartphone aus der Tasche und prüfe die Internetverbindung. Tatsächlich ist sie überraschend schnell. »Komm, ich mache mal ein Foto«, sage ich.

»Oh ja, aber mit der versammelten Mannschaft!« Florian legt sein Handy weg und schnappt sich Susi.

Ich knipse meine Gastfamilie, und dann fotografiert Florian mich. Das Hochladen der Fotos dauert dann leider doch eine Weile. Ich nutze die Zeit und schreibe André eine kurze SMS.

Wie geht's dir? Rate mal, wie der Ort heißt, in dem ich wohne!

Meiner Mutter schreibe ich, dass ich gut angekommen bin. Dann macht das Handy endlich *Pling*. Die Fotos sind online, die SMS verschickt.

»Aber jetzt weg mit den strahlenverseuchten Dingern und guten Appetit!«, sagt Erika.

Florian und ich lassen unsere Smartphones verschwinden und stürzen uns aufs Essen. Wenn man davon absieht, dass der Ort Fucking heißt, der Bruder ein Nerd und das Haustier ein Ferkel ist, sind sie eigentlich ganz nett, die Grubers.

Sie bemühen sich auf jeden Fall, und diese mit Konfitüre gefüllten und im Rohr gebackenen Hefeklöße sind ein Traum. Da sage ich nicht Nein, als mir meine Gastmutter noch eine zweite Ofennudel anbietet. Selbst an das bettelnde Gequieke unter dem Tisch kann man sich gewöhnen, solange das Ferkel nicht zu nahe kommt. Ich werfe Susi sogar ein paar Krümel auf den Boden.

»Du verwöhnst unsere kleine Sau genauso wie Helene«, bemerkt Erika lächelnd.

Ich zucke mit den Schultern. »Ich bin eben eine Tierfreundin.«

»Dann bist du bei uns genau richtig. Außer Kühen, Pferden und anderem Viehzeug gibt es hier nämlich nicht viel zu sehen«, sagt mein Gastbruder mit vollem Mund.

Florians Bemerkung holt mich auf den Boden der Tatsachen zurück. Es stimmt. Ich sitze hier in der Pampa, zwar mit netten Leuten, aber dennoch im Nirgendwo.

04

NACH DEM ESSEN zeigt mir meine Gastmutter den Rest des Hauses und schließlich Helenes Zimmer, in dem ich schlafe. Es befindet sich im Obergeschoss und liegt gegenüber von Florians Zimmer, aus dem laute Musik herausschallt. Der Raum ist recht einfach eingerichtet: ein Bett, ein Schrank und ein Schreibtisch. Mitten im Zimmer steht mein Koffer, groß und klobig wie ein Ufo. Durch die vielen Starposter und Fotos von Helene, ihrer Familie und ihren Freundinnen wirkt das Zimmer dennoch nett und gemütlich, wie die ganze Familie.

Erika drückt mir einen kleinen Zettel in die Hand. »Das ist der Code fürs Internet. Also pack in Ruhe aus, richte dich ein, und wenn du was brauchst, dann komm einfach runter in die Stube. Wir sind immer für dich da.«

»Ähm. Danke. Aber ich denke, ein wenig Ruhe wird mir jetzt guttun«, antworte ich.

»Bestimmt«, sagt Erika und drückt sanft meine Hand. »Es ist wirklich schön, dass du da bist, und du sollst dich bei uns wohlfühlen.«

Ich nicke unsicher. Meine Gastmutter dreht sich um und

schließt leise die Tür. So viel Aufmerksamkeit ist ungewohnt für mich. In Paris bin ich meistens allein zu Hause oder hänge bei meinen Freunden herum. Meine Eltern sind nur selten daheim. Doch hier scheint es anders zu sein.

Ziemlich erledigt vom heutigen Tag packe ich meinen Koffer aus. Als ich fertig bin, beschließe ich, noch einmal nach unten zu gehen und mir eine Flasche Mineralwasser zu holen. Nach all dem süßen Essen ist mein Mund ganz trocken. Unbemerkt will ich noch mal in die Küche schleichen, aber das knarrende alte Holz verrät mich.

»Fabienne, brauchst du etwas?«

Erika streckt ihren Kopf zur Wohnzimmertür hinaus. Auf ihrer Nasenspitze thront eine Brille, in der Hand hält sie Nadel und Faden.

»Ich wollte mir nur etwas Wasser holen. Stickst du wieder ein Shirt?«, erkundige ich mich.

Erika hustet verlegen und verbirgt schnell ihre Handarbeit hinterm Rücken. »Nein«, sagt sie schließlich und wird genauso rot wie Florian vorhin.

Wie lustig. Die ganze Familie scheint zum Erröten zu neigen. Durch ihre Heimlichtuerei macht sie mich aber erst recht neugierig. Geduldig bleibe ich stehen und mustere Erika fragend.

»Das Shirt, das ich dir gestickt hab …«

»Ja?« Warum macht sie es denn so spannend?

»… ist eigentlich nur ein schwacher Ersatz für die original Fuckinger Unterhöschen!« Erika strahlt mich an und holt ihre Stickerei wieder hervor.

»Mon Dieu!«, keuche ich beim Anblick des zarten Damenslips, auf dem in geschwungener Stickerei Fucking An steht.

»Den bekommt eine Andrea. Aber es ist jeder Name möglich«, erklärt Erika ernst.

»Du stickt da im Ernst Fucking Andrea drauf?«

»Ja. Willst du meine Kollektion sehen? Florian hat mir auch einen Onlineshop installiert. Meine Wäsche verkauft sich sehr gut im Netz.«

Noch immer etwas verdattert, nicke ich. Ich bin ja einiges gewöhnt, aber dass meine Gastmutter sogar Unterwäsche mit dem schweinischen Ortsnamen bestickt, hätte ich nicht gedacht. Da heißt es immer, wir Franzosen seien so hemmungslos, und dann kommt man in die Pampa, und da werden solche Slips bestickt!

»Ich zeig dir mal mein Sortiment«, sagt Erika, und ich folge ihr ins Wohnzimmer.

Während Erika in dem großen Eichenschrank kramt, lasse ich mich auf dem durchgesessenen Ledersofa nieder. Voller Stolz breitet meine Gastmutter ihre Wäschestücke auf dem Wohnzimmertisch aus. Es sind unterschiedliche Modelle dabei: zarte Seidenhemdchen und große, altmodische Schlüpfer.

»Eigentlich laufen alle Modelle gut, aber der klassische Slip ist der Dauerbrenner im Shop«, erklärt Erika. »Leider hat Florian mir verboten, dir ein Original Fuckinger Unterhöschen als Willkommensgeschenk zu überreichen. Aber wenn du möchtest, sticke ich dir noch eine Garnitur – oder deinen Eltern?«

»Wow«, sage ich und danke Florian im Stillen. Ich wäre

wohl wirklich aus allen Wolken gefallen, wenn ein Slip neben meinem Teller gelegen hätte. Inzwischen wundere ich mich allerdings über gar nichts mehr. Ich bin in der wohl außergewöhnlichsten Gastfamilie der Welt gelandet.

»Und, möchtest du eine Garnitur?«, fragt Erika mit glänzenden Augen.

Es wäre herzlos von mir, ihr Angebot abzulehnen und ihre Freude zunichtezumachen.

»Unbedingt. Kann ich ein rosa Höschen haben?«, frage ich und deute auf den schmalen Slip.

»Natürlich. Und möchtest du lieber lila oder dunkelrosa Garn für die Schrift? Wenn ich genug Zeit hab und nicht zu viele Bestellungen hereinbekomme, nähe ich deiner Mutter auch noch eins.«

Ich nicke automatisch, und Erika klatscht begeistert in die Hände. In dem Moment tritt mein Gastbruder ins Wohnzimmer.

»Mama, du hast doch nicht wirklich … die arme Fabienne. Was wird sie jetzt nur von uns denken!«, schimpft Florian und läuft puterrot an, als er die ausgebreitete Wäsche sieht.

»Keine Sorge! Ich finde Erikas Kollektion toll und freue mich schon auf meinen Slip«, erwidere ich.

Florian schüttelt den Kopf. Ich kann mich nur zu gut in ihn hineinversetzen. Wenn ich daran denke, dass meine Mutter … mon Dieu! Ich würde im Erdboden versinken.

»Könnte ich vielleicht eine Flasche Mineralwasser haben? Ich würde mir gern eine mit hochnehmen«, lenke ich von der leicht angespannten Situation ab.

»Hm«, brummt Florian und dreht sich um.

Ich steh auf. »Danke, ich bin schon sehr gespannt auf meinen Slip. Gute Nacht, Erika.«

»Gute Nacht, Fabienne. Schlaf gut!«

Florian schlurft in die Küche, und ich folge ihm. Schweigend drückt er mir eine Flasche Wasser in die Hand.

»Danke«, sage ich.

»Denkst du jetzt, dass wir alle voll durchgeknallt sind?«, fragt Florian.

Ich zucke mit den Schultern. »Ein bisschen vielleicht«, gebe ich zu und muss bei seinem entsetzten Blick laut lachen.

Es dauert einen Moment, dann grinst Florian. »Ich fürchte, du hast recht. Aber wir sind nett, ehrlich.«

»Das glaub ich dir«, beruhige ich ihn. »Ich bin ziemlich müde und geh mal wieder in mein Zimmer.«

»Wenn du was brauchst und nicht mit der Unterhosenstickerin reden willst, weißt du ja, wo du mich findest.«

»Prima. Bis dann. Gute Nacht.«

Die Treppe ächzt auch diesmal wieder schrecklich. In diesem Haus muss ich mich wohl an einige Besonderheiten gewöhnen. Hoffentlich sind meine Klassenkameradinnen wenigstens etwas normaler.

Zurück im Zimmer lasse ich mich müde auf mein Bett fallen. Ob André online ist? Immer wieder gucke ich auf mein Handy, aber es hängt sich dauernd auf, wenn ich ins Netz will. Keine SMS von André. Ob er gerade mit der Band probt? Oder irgendwie zu beschäftigt ist, um seine Nachrichten zu checken? Seltsam, er hat mich doch gestern erst geküsst. Müsste er da nicht genau wie ich dauernd auf sein Smartphone gucken? Ach, Jungs …

Schließlich habe ich keine Lust mehr, auf das kleine Display zu starren, und fahre meinen Laptop hoch. Ich gebe den Code ein und bin innerhalb einer Minute online. Das Hochladen der Fotos hat funktioniert, und sie haben bereits vierzehn Likes und zwei Kommentare.

»Ist das ein Gremlin *gg*?«, fragt Valérie.

»Dussel, das ist ein Ferkel! Du hast wohl Tomaten auf den Augen«, antwortet Denise.

Ich muss lachen und setze meinen Kommentar unters Bild:

»Meine Lieben, hier bin ich, mitten in Fucking in Österreich, und ja, das ist ein Ferkel. Es heißt Susi und ist so was wie der Haushund.« Ich schließe das Foto.

Dann schreib ich Valérie noch etwas genauer, in welcher unglaublichen Situation ich mich befinde. Bevor ich mich auslogge, gebe ich noch den Namen Helene Gruber ins Suchfeld ein. Bestimmt fünfzig Suchergebnisse. Neugierig scrolle ich nach unten, und gleich an vierter Stelle lacht mir ein hübsches blondes Mädchen entgegen. Ein Blick auf eines der Wandfotos genügt. Das ist die richtige Helene. Ich schicke ihr eine Freundschaftsanfrage und gleich noch eine Nachricht.

05

DIE FAHRSTUHLTÜR öffnet sich, und ich trete in einen Flur mit dunkelrotem Teppich am Boden. Mit den wertvoll aussehenden Gemälden an den Wänden sieht es hier aus wie in einem Fünfsternehotel. Da komme ich mir mit meiner Jeans, meiner weißen Shirt-Bluse und dem kleinen rosa Trolley irgendwie fehl am Platz vor. In einem solchen Gebäude erwartet man rauschende Kleider, wie sie die Königinnen früher trugen. Ich drücke auf den Klingelknopf neben der Wohnungstür.

Die Tür schwingt auf, und vor mir steht, das Handy fest ans Ohr gedrückt, eine top gestylte, schlanke Frau. Sie trägt einen recht kurzen Pagenkopf, und ihre akkurat geschnittenen Haare glänzen im tiefsten Blauschwarz.

Ohne das Telefonat zu beenden, nickt sie mir lächelnd zu und winkt mich herein. Unsicher folge ich Madame Henry in ein offenes, modern eingerichtetes Wohnzimmer. Meine Gastmutter deutet auf eine große naturweiße Ledercouch, und ich setze mich.

Schweigend lasse ich meinen Blick durch den Raum schweifen. Die dunklen Holzmöbel mit den cremefarbenen Fronten, auf denen nur eine Vase oder ein Bilderrahmen steht, lassen das Wohnzimmer seltsam unbewohnt erscheinen. Fast habe ich das Gefühl, mich in einem Möbelhaus zu befinden.

Nach ein paar Minuten ist Madame Henry fertig mit ihrem Gespräch. Als sie zu mir kommt, springe ich schnell auf. Lächelnd haucht sie mir, ohne mich zu berühren, Begrüßungsküsschen auf die Wangen.

»Hallo, Helene. Ich muss mich nochmals bei dir entschuldigen, dass ich dich nicht abholen konnte. Aber mir wäre beinahe ein großer Immobiliendeal geplatzt. Ein ganz wichtiger Kunde war sehr unzufrieden mit der Beratung meiner Kollegin. Es tut mir leid.«

»Schon in Ordnung, Madame Henry.«

»Du darfst mich gerne Brigitte nennen. Hast du gut hergefunden?«

»Ja, also, es hat alles gut geklappt mit dem Taxi«, erwidere ich und spüre, wie mir das Blut in die Wangen schießt. Schon dumm, wenn man so leicht errötet wie ich. Florian macht immer Scherze darüber, obwohl es ihm selbst auch nicht viel besser geht. Dennoch nennt er mich Rotköpfchen oder lebendige Ampel.

»Wie viel musstest du ausgeben? Fünfzig, sechzig Euro?« Brigitte hastet zum Esstisch, auf dem ihre Handtasche steht. Einen Moment später hält sie mir einen Hunderteuroschein hin. »Hier hast du eine kleine Entschädigung. In Paris kannst du ein bisschen Taschengeld gut gebrauchen.«

»Ähm, danke«, sage ich schüchtern und nehme den Schein. Plötzlich höre ich ein leises Mauzen hinter mir, und mit einem Satz landet eine merkwürdig aussehende Katze auf der Couch und sieht mich auffordernd an. Sie hat riesige Ohren, noch größere Augen und ist am ganzen Körper nackt. So eine seltsame Mieze hab ich noch nie gesehen, außer auf Bildern oder im Fernsehen.

»Oh, Ihre königliche Hoheit Bastet möchte dich kennenlernen«, meint Brigitte lachend.

»Das ist aber eine ganz besondere Katze«, sage ich und strecke meine Hand nach dem Tier aus.

»Sie gehört Fabienne. Die beiden sind ein Herz und eine Seele, und ich weiß manchmal gar nicht, wer die größere Prinzessin ist, unsere Tochter oder unsere Sphynx-Katze.«

»Oh, ist die weich und warm«, bemerke ich verwundert.

Bastet schmiegt sich an meine Hand und schnurrt zufrieden. Brigittes Telefon klingelt erneut. Sie wirft einen Blick aufs Display und drückt seufzend den Anrufer weg. »Die Arbeit. Tut mir leid, aber ich muss zurückrufen. Dein Zimmer ist ganz hinten rechts, gegenüber ist dein Bad. Fabienne hat alles für dich vorbereitet.«

»Vielen Dank, ich –«

Schon wieder schrillt das Handy. Meine Gastmutter meldet sich, bittet um einen Moment Geduld und hält den Hörer zu, sodass der Anrufer nicht mithören kann. »Helene, meine Liebe. Sieh dich ruhig um. Ich muss wirklich telefonieren. Wenn Richard zu Hause ist, dann gehen wir schön essen. Ich habe für uns einen Tisch reserviert.« Sie wendet sich wieder ihrem Telefon zu und läuft dabei hektisch im Wohnzimmer auf und ab.

Es hat wohl keinen Sinn, dass ich auf sie warte. Also

nehme ich meinen Trolley und gehe in mein Zimmer. Bastet schreitet elegant neben mir her. Mit der Selbstverständlichkeit einer heimlichen Herrscherin macht sie es sich auf dem Bett gemütlich. Ich schaue mich in Fabiennes Reich um. Ihr Zimmer ist mindestens dreimal so groß wie meins. Auch das Bett ist riesig, und darüber hängt ein gerahmtes Twilight-Poster mit – ich kann es kaum glauben! – den Unterschriften der Hauptdarsteller. Wow! Nicht, dass ich jetzt der absolute Fan wäre, aber schließlich ist es nicht leicht, an Autogramme der Stars zu kommen.

Am anderen Ende des Zimmers stehen eine kleine Couch, ein dazu passender Tisch und ein Schreibtisch mit Fabiennes iMac. Daneben befindet sich eine weitere Tür. Als ich sie öffne, stehe ich inmitten eines begehbaren Kleiderschranks, der voll von schicken Blusen, Röcken und Schuhen ist. Ganz vorne klebt ein Zettel an einer Schublade: Hallo, Helene, bedien dich ruhig, wenn dir etwas gefällt. Aber Louisa soll es dann reinigen lassen. Merci.

Ich bin geschockt. Was für ein Luxus. Fabienne überlässt mir hier ein halbes Schloss samt ihrer Party-Outfits und Mini-Königstiger, und in meiner Familie erwartet sie … na ja, ein Bauernhof mit Hausschwein. Da beschleicht mich doch gleich das schlechte Gewissen. Hoffentlich sind meine Eltern und Florian nett zu ihr. Ich atme tief ein. Bastet schleicht um meine Beine und mauzt leise. Ich nehme sie auf den Arm, und sie schmiegt sich zufrieden an meine Brust.

Es klopft an der Tür, und Brigitte schaut herein. »Helene, leider hab ich schlechte Nachrichten. Unser gemeinsames

Essen fällt aus. Ich muss noch einmal zurück in die Firma und weiß nicht, wie lange es dauern wird. Mein Mann kommt gegen acht Uhr abends heim. Kommst du bis dahin allein zurecht?«

»Ja, das werde ich schon«, flüstere ich, obwohl mir bei dem Gedanken, ganz alleine in der riesigen Wohnung zu sein, flau im Magen wird.

»Gut. Hier hast du ein paar Restaurant-Flyer. Bestell dir einfach, was du gerne möchtest. Auf dem Küchentisch liegen dreißig Euro. Ich mache, so schnell ich kann. Fühl dich einfach wie zu Hause. In Ordnung?«

»In Ordnung«, wiederhole ich.

Madame Henry stöckelt davon, und ich bleibe mit Bastet allein zurück. Meine Familie sitzt jetzt bestimmt mit Fabienne um den großen Tisch. Alleine essen macht traurig, erst recht am allerersten Abend in Paris. Doch der heutige Abend ist bestimmt eine Ausnahme. Morgen haben meine Gasteltern sicher Zeit, mir die Stadt zu zeigen. Dann begnüge ich mich heute eben damit, mein riesiges Zimmer zu erkunden.

Als ich aufstehen will, klammert sich Bastet an mich – anscheinend will sie weiter gestreichelt werden. Ganz einsam bin ich also doch nicht.

»Na, Kätzchen, dann wollen wir uns mal einrichten. Ich verspreche dir auch, dass ich mich gut um dich kümmere, während deine Fabienne weg ist.«

Miau, macht Bastet und sieht mich mit klugen Katzenaugen an, als hätte sie jedes Wort verstanden.

06

DIE ZEIT ZIEHT SICH wie ein ausgelutschter Kaugummi. Obwohl ich mir fest vorgenommen habe, mein neues Territorium zu erkunden, warte ich insgeheim doch auf meine Gasteltern. Langsam weiß ich nicht mehr, was ich machen soll. Lena hab ich schon eine SMS geschrieben, dass ich gut angekommen bin, und der Koffer ist ausgepackt. Schließlich halte ich es nicht mehr aus und rufe zu Hause an.

»Alles okay bei dir?«, fragt Mama besorgt.

»Hm. Alles bestens.« Ich schwärme ihr von der Wohnung vor und versuche, glücklich zu klingen, obwohl ich beim Klang von Mamas Stimme irre Sehnsucht bekomme. Sie erzählt mir, dass Fabienne sich auch schon ins Zimmer zurückgezogen hat und dass sie noch ein wenig sticken will. Mir wird ganz schwer ums Herz. Vielleicht war dieser Austausch doch keine so gute Idee. Da ich Mama aber nicht beunruhigen will, versichere ich ihr euphorisch, dass es toll hier ist.

Als ich auflege, ist es gerade einmal kurz nach sieben. Mein Magen brummt, aber auf Lieferessen hab ich keine

Lust. Wer weiß, ob mir die Pizzen hier schmecken. Außerdem traue ich mich nicht, Essen am Telefon zu bestellen. So gut ist mein Französisch nicht, dass ich mir sicher sein kann, verstanden zu werden. Hat Brigitte nicht gesagt, ich solle mich wie zu Hause fühlen?

Ich gehe zum Kühlschrank und öffne die Tür. Du meine Güte! Warum haben die einen überlebensgroßen Kühlschrank, wenn er so gut wie leer ist? Karotten, Pilze und Schnittlauch sind im Gemüsefach. Milch, drei Eier, etwas Magerschinken, zwei fettarme Joghurts, das war's. Kein Wunder, dass Madame Henry so schlank ist.

Zum Glück entdecke ich noch eine Packung Toast und ein paar Tomaten. Also gibt es Eieromelette mit Kräutern, Schinkenstückchen und Tomatensalat.

Nach dem Essen geh ich mit dem Handy ins Netz und checke meine Facebook-Seite. Meine Schulfreundinnen wünschen mir viel Spaß beim Austausch, außerdem habe ich eine Freundschaftsanfrage und eine Nachricht bekommen. Als ich sie öffnen will, drängelt sich Bastet dazwischen. Sie mag es wohl nicht, wenn man mit dem Handy beschäftigt ist.

»Du bist ja schlimmer als Papa«, sage ich lachend und setze die Katze zur Seite. Sofort dreht sie beleidigt den Kopf weg und beginnt sich zu putzen. Eine echte Diva.

Fabienne Henry hat mir geschrieben.

Hallo, Helene,
hier ist Fabienne, deine Austauschschülerin. Ich hoffe, du fühlst dich wohl in meinem Zimmer. Gern

kannst du meinen iMac benutzen. Ich hab dir einen eigenen Zugang angelegt. Klick einfach auf Gast, der Code lautet »bastet_henry«. Ach ja, und bitte, kümmere dich gut um die lebende Bastet. Sie ist sehr empfindsam und eine absolute Kuscheltigerin. Ich freu mich, wenn du meine Freundschaftsanfrage annimmst. Wir haben uns sicher viel zu erzählen. Deine Familie ist ja sehr witzig, besonders Susi.
LG Fabienne

Ich nehme ihre Freundschaftsanfrage sofort an.

Hallo, Fabienne,
danke für deine Anfrage und dass du so großzügig bist. Du hast ja tolle Kleider und ein tolles Zimmer. Bastet geht es prima, sie will dauergekrault werden. Danke auch, dass ich deinen Mac benutzen darf.
LG Helene

Keine Minute vergeht, schon öffnet sich das Chatfenster.

Hallo, Helene,
schön, dich kennenzulernen. Wie geht's dir? Seid ihr gar nicht essen? Mama hatte doch extra einen Tisch reserviert! Bei deiner Mutter hat es auf jeden Fall ganz phantastisch geschmeckt.

Ich erzähle Fabienne, dass ihrer Mutter etwas dazwischengekommen ist. Wie es scheint, kennt sie das. Sofort tröstet sie mich und schickt mir einen Ich-umarme-dich-Smiley. Doch mir macht auch noch ein anderes Thema Sorgen.

Du, Fabienne?

Ja?

Wegen Montag, Schule und so … ich bin echt nervös. ☹

Musst du nicht. Es sind alle ganz nett. Du hast nichts zu befürchten. Wirst sehen, meine Klasse ist echt entspannt.

Ich hoffe, Fabienne hat recht. Bisher war nämlich noch gar nichts entspannt. In dem Moment höre ich die Wohnungstür. Meine Gasteltern sind zurück. Ich schaue auf die Uhr. Inzwischen ist es halb zehn. Schnell verabschiede ich mich von Fabienne.

Brigitte und ihr Mann Richard wirken erschöpft. Monsieur Henry ist kleiner als seine Frau, etwas rundlich und hat einen lichten blonden Haarkranz. Erneut beteuern die beiden, wie leid es ihnen tut, dass sie keine Zeit für mich hatten. Dann entschuldigen sich die beiden. Sie müssen noch reden … beruflich. Tja, dann werde ich mich wohl in mein Zimmer zurückziehen und versuchen zu schlafen. Vielleicht knipse ich auch noch ein paar Fotos, damit Lena mir glaubt, dass ich tatsächlich in einem Schloss lebe …

07

DER SONNTAG VERGEHT SCHNELL. Ich schlafe lange, frühstücke kurz, probiere die Schuluniform, höre Musik und klicke mich ein wenig durchs Netz.

Zum Mittagessen führen mich meine Gasteltern in ein nobles Restaurant aus. Danach gehen sie mit mir ein Stück die Champs-Élysées entlang und erklären mir, wie ich zur Schule komme.

Den Nachmittag verbringen wir wieder in der Wohnung. Brigitte schreibt ein Immobilienangebot, Richard bereitet ein Meeting vor, und ich surfe im Internet. Schließlich wird es Abend, und der gefürchtete Montag rückt näher.

Hallo, Fabienne,
wünsch mir Glück für morgen. Ich hab echt Bammel vor dem ersten Schultag. Deine Eltern waren heute übrigens ziemlich cool und haben sich ein wenig Zeit genommen. Wir waren essen, und es war echt lecker. Bastet geht's gut. Sie hat die erste Nacht bei mir im Bett geschlafen. Ich hoffe mal, sie darf das.
Tschüss Helene

Hallo, Helene,
nur keine Panik, es sind alle ganz locker bei mir im Lycée. Freut mich, dass meine Eltern für dich Zeit hatten. Sie sind leider oft gestresst. Dein Papa hat mich heute zum Nachbarhof geführt und mir die Pferde gezeigt. ☺ Ist ja toll, dass ihr direkt neben einem Reiterhof wohnt. Vielleicht trau ich mich auch mal, eine Stunde zu nehmen. Bastet schläft bei mir übrigens auch immer im Bett. Susi geht es auch gut. Sie schläft derzeit bei deinem Bruder. Ein Schwein unterm Bett, das war mir irgendwie etwas unheimlich.
Adieu und relax – morgen wird schon.
LG F.

08

GLÜCKLICHERWEISE hat mich Brigitte heute Morgen mit dem Auto zum Lycée gefahren. »Dort drüben ist deine Schule«, sagt sie und deutet auf ein großes Gebäude, das sich in einer riesigen Parkanlage befindet. Unsicher steige ich aus dem Wagen. »Viel Erfolg«, wünscht mir meine Gastmutter und braust davon.

Ich zupfe meine Schuluniform zurecht. Bei mir zu Hause gibt es so etwas nicht, und ich fühle mich unwohl in dem kurzen Faltenrock, der weißen Bluse und dem Jackett. Eigentlich ist es in Frankreich nicht mehr üblich, eine Schuluniform zu tragen, aber Fabienne besucht eine Privatschule, in der andere Regeln gelten.

Eine Gruppe lachender Mädchen steuert auf den Schuleingang zu. Unauffällig schließe ich mich an und lausche dem aufgeregten Geplapper.

In der Schule herrscht ein lautes Durcheinander. Die Gänge sind voller Schüler, die ihre Sachen aus dem Schließfach holen und in ihre Klassenräume strömen. Verzweifelt versuche ich mich zu orientieren. Gibt es denn hier keine Hinweisschilder für Neuankömmlinge? Am besten eins, auf dem in Großbuchstaben steht: HELENE GRUBER, BITTE DEN ROTEN PFEILEN FOLGEN!

Ratlos blicke ich mich um. Die Situation kommt mir seltsam vertraut vor. Nur dass dieses Mal kein Jai in Sicht ist. In dem Moment rempelt mich ein Junge an. Meine Tasche fällt mir aus der Hand, und meine Bücher purzeln auf den Gang.

»Oh, das tut mir leid. Warte, ich helfe dir«, entschuldigt er sich.

Wir greifen gleichzeitig nach der Mappe, sehen uns an … und Wum! Das sind die blauesten Augen, die ich je gesehen habe. Noch dazu hat er schwarze Haare, eine olivbraune Haut und ein Lächeln, das selbst einen Eisklotz schmelzen lassen würde.

»Sorry«, sagt er nochmals und gibt mir meine Mappe zurück. »Du bist nicht von hier, oder? Bist du eine der Austauschschülerinnen?«

»Ja genau, ich bin Fabienne Henrys Austauschschülerin«, erwidere ich. Schon wieder kriecht mir warmes Blut den Hals empor, wie Schnecken an einem Salat. Ich sehe bestimmt schon aus wie eine Tomate auf zwei Beinen.

»Na dann, herzlich willkommen! Ich bin André. Wenn du Fabiennes Austauschschülerin bist, sind wir in derselben Klasse. Willst du gleich mitkommen?«

»Helene«, sage ich, obwohl er mich nicht nach meinem Namen gefragt hat, »Danke, ich wär echt froh, wenn du mir den Weg zeigen würdest. Eure Schule ist ja riesig.«

»Große Geister brauchen eine große Schule«, verkündet André theatralisch und tippt sich dabei gegen die Stirn.

»Du bist wohl ein großer Denker, hm?«

»Aber sicher, hast das du nicht gemerkt? Schließlich habe ich durch meine herausragenden Fähigkeiten gleich erkannt, dass du die Austauschschülerin bist … und weil du kein Namensschild an der Jacke trägst.« Grinsend deutet er auf sein eigenes.

Nun muss ich auch lachen. Wenn alle hier so nett sind wie André, dann waren meine Sorgen wirklich unbegründet.

Das Klassenzimmer befindet sich im ersten Stock. Pünktlich zum Stundenklingeln treten wir ein. Mindestens fünfzehn neugierige Augenpaare mustern mich, wodurch meine Gesichtsdurchblutung gleich wieder in Schwung kommt. Es ist ungewohnt für mich, so viele Jungs in der Klasse zu haben. Bei mir zu Hause sind viel mehr Mädchen in der Schule.

Obwohl alle die gleiche dunkelblaue Uniform tragen, erkenne ich kleine Unterschiede. Wie sich die Mädchen ihr Halstuch umgebunden, die Strümpfe angezogen oder auch eine Brosche angesteckt haben. Einige tragen auch Ohrringe, Halsketten oder Ringe an den Fingern, und auch ihre Brillen sehen mehr nach Schmuck als nach Sehhilfen aus. Die Jungs haben sich vor allem ihre Haare gestylt und den Krawattenknoten mal streng, mal lässig gebunden.

»Ich an deiner Stelle würde mich auf Fabiennes Platz setzen«, meint André und deutet auf einen freien Stuhl in der hintersten Reihe.

»Aha. Und warum?«

»Weil du da in allerbester Gesellschaft bist«, erklärt er augenzwinkernd, »da sitzen nämlich mein Kumpel Marc, Marie-Claire und ich.«

Schon stehen die beiden eben Genannten neben mir und

hauchen mir Küsschen auf die Wangen. André übernimmt es, mich vorzustellen. Gerade als ich etwas zu Marie-Claire und Marc sagen will, fällt die Klassentür ins Schloss. Eine kleine, hagere Professorin trippelt auf hohen Absätzen zum Lehrerpult.

»Das ist Madame Nain, unsere Deutschlehrerin. Setz dich lieber schnell hin. Sie kann ziemlich sauer werden«, zischt André mir zu.

Madame Nain? Die Professorin heißt tatsächlich Zwerg und ist auch noch klein und dünn? Ich muss grinsen.

»Auf die Plätze, aber flott! Warum sitzen Sie noch nicht? Beim Läuten haben Sie auf Ihren Plätzen zu sein«, schimpft Madame Nain mit hoher Stimme. Ihr Blick fällt auf mich. Sie zieht die Augenbrauen hoch und schenkt mir ein perlweißes Lächeln. »Oh unsere Austauschschülerin ist da, darum die Aufregung«, ruft sie erfreut. »Ruhe, Mesdemoiselles, Messieurs! Mademoiselle Gruber, kommen Sie bitte zu mir nach vorne und stellen Sie sich vor.«

Na toll. Ich liebe Vorstellrunden, besonders, wenn ich an der Reihe bin – denn dann herrscht Rotköpfchen-Ampelalarm! Schüchtern erhebe mich. Alle starren mich an, als ich durch den Mittelgang gehe. Ich stottere meinen Namen und Wohnort.

»Fu… Fugg… Bitte schreiben Sie es doch an die Tafel«, fordert mich Frau Zwerg auf, und brav schreibe ich Helene Gruber/Fucking auf das dunkle Grün der Tafel.

Das ganze Klassenzimmer hält den Atem an, dann beginnt jemand zu kichern, und schließlich bricht die ganze Klasse in tosendes Gelächter aus, sogar Madame Nain.

Auf einmal ist meine Nervosität weg. Ich erzähle vom Leben auf dem Land, bis es zur Pause klingelt. Schnell knipst Madame Nain noch ein paar Fotos für die Schulhomepage. André und sein Freund Marc nehmen mich in die Mitte. Im Nachhinein frage ich mich, warum ich eigentlich so viel Angst vor dem ersten Schultag hatte.

09

DIE CAFETERIA ist groß und unpersönlich. Da ich jedoch in Begleitung von Marc, Marie-Claire und André hier bin, fühle ich mich dennoch wohl. Ich blicke mich um. An der einen Seite befindet sich eine riesige Essensausgabe, genau wie man es aus den amerikanischen Fernsehserien kennt. Man lädt sich auf ein Tablett, was man gerne essen möchte. Auf der anderen Seite stehen die Tische mit den Bänken. Marc, André und Marie-Claire schleppen mich einfach durch die Cafeteria. Im Nu sitze ich mit einem Salat, einem Brötchen und einer kleinen Flasche Mineralwasser an einem Tisch direkt am Fenster.

»Und, Helene? Wie gefällt es dir bisher bei uns?«, fragt Marie-Claire.

»Na, wie wohl? Großartig. Immerhin hat sie uns kennengelernt und noch dazu Frau Professor Deutschzwerg«, erwidert André lachend.

Ich kichere. »Ja, die ist ein echtes Original, diese Madame Nain.«

»Du musst sie mal erleben, wenn sie zum Giftzwerg mutiert. Doch zum Glück sind nicht alle Deutsch sprechenden

Frauen klein und giftig, wie man sieht. Du bist jedenfalls das genaue Gegenteil: witzig und hübsch.« André lächelt mich an, und mir wird ganz heiß im Gesicht.

»Es ist wirklich nett bei euch. Heute Morgen war mir noch ganz flau im Magen, aber jetzt geht's mir schon viel besser.«

»Wahrscheinlich warst du einfach nur hungrig«, bemerkt Marc. »Mit uns kann es schließlich nichts zu tun haben, denn wir sind ganz nett.«

Viel zu nett, denke ich und wage es nicht, in Andrés Richtung zu schauen. Er hat es innerhalb kürzester Zeit geschafft, mich wie eine Verkehrsampel rot blinken zu lassen. André sieht einfach verdammt gut aus. Dieses Lächeln. Diese Augen. In denen könnte ich mich glatt verlieren. Ob er zu allen Mädchen so nett ist? Auf jeden Fall wird er ziemlich umschwärmt. Als wir vorhin zur Cafeteria gelaufen sind, haben ihn mindestens zehn Mädels kichernd mit Küsschen begrüßt. Und dennoch hat er mich nicht aus den Augen gelassen und ist auf keinen Flirtversuch eingegangen. Ob das etwas zu bedeuten hat?

»Helene?«, fragt Marc.

»Wa… was?«, stottere ich.

Marc zeigt erneut auf mein Tablett.

Ich kichere. »Stimmt. Wahrscheinlich bin ich nur hungrig. Mein Magen knurrt auch schon.«

»Meiner auch … grrr!«, scherzt André und nimmt sein Baguette in die Hand. Dabei zwinkert er mir zu.

Mein Puls rast, aber ich versuche, mir nichts anmerken zu lassen. Stattdessen konzentriere ich mich auf Marie-

Claire, die von einem Film erzählt, den sie am Wochenende gesehen hat. Sie spricht extra langsam, damit ich auch alles verstehe, und Marc erklärt mir immer mal wieder ein Wort. Die Clique gibt sich richtig Mühe mit mir. Was für ein Glück, dass ich die drei gleich kennengelernt habe! Ich kann es kaum erwarten, nach Hause zu kommen und Fabienne von meinem ersten Schultag zu berichten!

Hallo, Fabienne,
mein erster Schultag war prima, und deiner? Du hattest übrigens recht. Deine Klassenkameraden sind wirklich nett. Im ersten Moment war ich zwar schockiert, weil euer Lycée so groß ist, aber dann hab ich André kennengelernt, und er hat mir euren Klassenraum gezeigt. Er war ziemlich nett, genau wie Marc und Marie-Claire. Eure Madame Nain ist ja eine witzige Gestalt. Da passt der Name voll! ☺ Meld dich mal. Ich hock bestimmt noch eine Weile mit Bastet vorm PC und surfe.
Tschüssi
Helene

10

ICH HABE NOCH NIE so eine alte, kleine Schule gesehen, außer vielleicht in dem Dorf, wo meine Urgroßmutter wohnt. Die Wände sind grau und rissig, die hohen Fenster von dünnen grünen Alu-Rahmen eingefasst. »Höhere Bundeslehranstalt für wirtschaftliche Berufe« steht über der Eingangstür. Das soll meine Schule sein?

Es ist zehn Uhr. Laut der Agentur sollte ich am ersten Schultag erst zur dritten Stunde da sein, damit alles für mich vorbereitet werden kann – was immer das auch bedeuten mag. Zögernd gehe ich in das Gebäude. Ein ungewohnter Geruch schlägt mir entgegen. Es riecht gar nicht nach Schule, sondern eher wie in einem Restaurant. Ein Mädchen mit einer Kochmütze und einer Schürze tritt auf den Gang. In den Händen hält sie einen großen Kochtopf samt Deckel.

»Oh, du bist sicher Fabienne. An unserer kleinen Schule spricht es sich herum, wenn eine Austauschschülerin kommt. Alle sind schon ganz aufgeregt, aber du bist ganz schön früh dran. Wir sind noch gar nicht fertig mit Kochen. Am besten, du gehst erst mal in die Schulküche«, sagt sie und setzt sich in Bewegung. »Ach ja! Ich bin übrigens Sophie. Schön, dass du da bist«, ruft sie noch über die Schulter und schleppt den Topf keuchend die Treppe hoch.

Laut einem Hinweisschild an der Wand befinden sich dort oben das Direktorat und das Lehrerzimmer. Müssen die Schüler hier etwa ihre Lehrer bekochen? Unser Geschichtslehrer hat uns mal erzählt, dass es früher üblich war, im Winter ein Holzscheit mit in die Schule zu nehmen – zum Heizen des Schulgebäudes. Andernfalls hätte gar kein Unterricht stattfinden können. Ich stelle mir vor, dass die österreichischen Schüler ihre Lehrer bekochen müssen, damit diese überhaupt arbeiten. Bei der Vorstellung muss ich grinsen.

In der Schulküche dampft und raucht, zischt und brutzelt es. Mädchen mit Schürzen und Kochmützen wuseln in der großen Edelstahlküche herum, schnippeln Gemüse, braten Zwiebeln an und unterhalten sich dabei in voller Lautstärke. Plötzlich steht eine ebenfalls weiß beschürzte Frau vor mir. Ihre grau-braunen Haare sind streng nach hinten gekämmt und zu einem Knoten gefasst.

»Fabienne, richtig?« Sie lächelt mich an. »Herzlich willkommen bei uns! Ich bin Frau Professor Pfeifer. Eigentlich sollte das Essen schon fertig sein, wenn du kommst. Bei uns ist es nämlich üblich, dass wir unseren Gästen ein kleines Menü kochen, bevor sie selbst an den Herd dürfen. Eine kulinarische Begrüßung sozusagen.«

»Selbst an den Herd? Heißt das etwa, ich werde hier auch kochen?«

»Ja, natürlich. Kochen, Servieren und Handarbeiten sind drei unserer Hauptfächer. Du bist schließlich an einer Höheren Bundeslehranstalt und nicht an einem Gymnasium.«

Irgendwie hab ich plötzlich zu viel Spucke im Mund, ich schlucke hektisch wie ein Ertrinkender. Ich und kochen? Außer Crêpes und Käseplatten hab ich noch nie etwas selbst zubereitet. Wo bin ich hier bloß gelandet?

»Frau Professor Kronbichler bedankt sich für die Suppe!«, ruft Sophie atemlos, die gerade zurück in die Küche gekommen ist.

»Aha, sehr gut. Da hat die 3b eine ziemliche Aufgabe zu bewältigen.« Frau Professor Pfeifer gibt einem blonden Mädchen ein Zeichen, das auf den ersten Blick fast wie Helene aussieht. »Lena, nimm doch bitte Fabienne mit an deinen Kochplatz und zeig ihr alles. In einer halben Stunde essen wir.« Mit diesen Worten macht sie auf dem Absatz kehrt und wendet sich einem kurzhaarigen Mädchen zu, das schimpfend eine schwarz rauchende Pfanne in die Luft hält. Ich bin vielleicht kein Kochgenie, aber angebrannte Zwiebeln erkenne selbst ich.

»Hallo, ich bin Lena, Helenes beste Freundin«, begrüßt mich das blonde Mädchen. »Da drüben ist mein Kochplatz.«

»Fabienne Henry«, stelle ich mich vor und folge ihr.

Lena stellt sich an eins der großen Spülbecken und beginnt, Erdbeeren zu waschen. Unschlüssig schaue ich ihr zu.

»Wieso hat Sophie eigentlich für Frau Professor Kronbichler gekocht?«, frage ich schließlich.

»Ach, da gibt's so einen kleinen Konkurrenzkampf zwischen Frau Professor Kronbichlers Klasse und uns. Wir kochen immer abwechselnd ein Gericht, und die andere Klasse muss raten, welche Zutaten verwendet wurden. Diesmal wird es schwierig. Wir haben in unsere Kartoffelsuppe nicht nur die normalen Gewürze, sondern auch etwas Safran und Kreuzkümmel getan. Daran werden sie einige Zeit knabbern. Wahrscheinlich geht dieser Punkt an unsere Klasse. Wir liegen drei Punkte zurück, und wenn wir nicht aufholen, dann müssen wir das Büfett fürs Abschlussfest vorbereiten!«

Lena legt die gewaschenen Erdbeeren in eine weiße Schüssel. »Willst du mir vielleicht beim Nachtisch helfen?«

»Ich, ich … kann nur Crêpes«, stottere ich verlegen.

»Perfekt. Ich mache Erdbeersahne und du ein paar Crêpes. Das wird ein leckeres Dessert, viel besser als immer nur Apfelstrudel. Du musst wissen, dass wir die Pfeifer schon insgeheim Frau Strudelpeter nennen, weil es bei ihr immer Strudel gibt«, flüstert mir Lena zu. »Na ja, und außerdem sieht sie aus wie der Struwwelpeter, wenn sie ihre Haare nicht zusammengeknotet hat. Die stehen ab, als hätte sie in eine Steckdose gegriffen.«

Ich muss grinsen und erzähle ihr von unserer Madame Nain und wie wir sie sonst so nennen: die Zwergenkönigin, Baronin der Gnome, Deutschwichtel. Lena lacht und stellt mir eine Schüssel, eine Packung Eier und eine Milchtüte hin. Während ich den Crêpeteig anrühre, erklärt Lena mir, dass die Schüler in dieser Schule nicht nur Abitur, sondern auch gleichzeitig eine Ausbildung zum Koch und Kellner machen. Da dieser Schultyp mehr Mädchen anspricht, gibt es in der Klasse auch nur einen einzigen Jungen. Er heißt Sebastian, ist blond und zart und sieht selbst fast aus wie ein Mädchen. Ich muss an André denken und frage mich, ob er ein klein wenig Sehnsucht nach mir hat. Mir fehlt er jetzt schon, besonders weil ich in einer Mädchenschule gelandet bin.

Als Frau Professor Pfeifer uns auffordert, die Schüsseln und Platten in den Speisesaal zu bringen, wundere ich mich über den erstaunlichen Berg hauchzarter Crêpes, den ich ganz nebenbei gezaubert habe.

Das gemeinsame Essen macht Spaß, nicht zuletzt weil die Lehrerin so von meinen Crêpes schwärmt und mich über die Maßen lobt. »Einfach lecker«, finden auch meine neuen Klassenkameradinnen. Sebastian, der dünne Junge, nimmt sich glatt einen zweiten Crêpe. Ich bin direkt ein bisschen stolz auf mich. Damit habe ich den ersten Schreck, gleich an den Herd zu müssen, ganz gut überwunden. Die nächsten Unterrichtsstunden, Deutsch, Mathematik, Biologie und Sport, verlaufen weit weniger überraschend. Mit Lena verstehe ich mich gut, aber auch Sophie ist nett. Die Schule ist wahrscheinlich ganz okay, trotz Kochen und Kellnern.

11

DIE BUSFAHRT ZURÜCK NACH FUCKING ist die Hölle. Sie führt quer durch die Pampa und dauert eine gute halbe Stunde. In Paris fahre ich immer mit der Métro oder nehme mir ein Taxi. Mit einem Bus durchs Land zu schaukeln, ist nicht so mein Ding. Ich schnappe mir mein Smartphone und sehe nach, ob André sich auf meine letzte SMS gemeldet hat. Oh, mon Dieu, ich habe tatsächlich eine Nachricht von ihm bekommen.

> **Haben diese Woche einen Gig im Jay Jays! Geile Sache, nicht wahr? Da versäumst du einen echt coolen Auftritt!**
> **Bis dann**
> **André**

Was soll das denn? Ich hab ihn in der letzten SMS gefragt, wie es ihm geht, und ihm sogar gestanden, dass ich an ihn denke. Und was macht er? Er schreibt irgendwas von seiner Band, als wäre ich ein x-beliebiges Groupie. Er hat mich geküsst, verdammt noch mal! Mir ist zum Heulen zumute.

Der Bus tuckert durch die grüne Landschaft, und passend zu meiner Stimmung setzt ein Sommerregen ein.

Als wir in Fucking ankommen, gießt es in Strömen. Natürlich hab ich keinen Schirm dabei. Meine Laune ist im Eimer. Appetit hab ich nach dem Schulessen und dieser SMS auch keinen mehr, trotz der köstlichen Duftwolken, die durch das Bauernhaus wabern. Erika runzelt die Stirn, als sie meinen unberührten Teller sieht. Zum Glück hat sie so viel Feingefühl, nicht lange nachzufragen, was los ist. Meine Portion landet in Susis Napf, die freudig grunzt.

»Entschuldigt, es war einfach anstrengend heute. Darf ich schon in mein Zimmer gehen?«, frage ich meine Gasteltern.

»Natürlich. Ruh dich aus«, erwidert Peter.

Ich flüchte nach oben und werfe den Computer an.

Eine Nachricht von Helene, aber nichts Neues von André. War ja klar. Ich öffne Helenes Nachricht.

Aha, André war also nett. Zu nett vielleicht? Ich will gerade zurückschreiben, als *Pling!*, eine neue Facebook-Nachricht von Helene eintrudelt.

Hallo, Fabienne, bist du da? Wie lief es? Haben sie dich bekocht? Ich durfte ja nichts verraten! ;-)

Hi! Es war superlecker. Deine Schule ist ja seltsam. Kochen, Kellnern, Stricken – und ich dachte, so was gibt's nicht mehr.

Bei uns schon! ☺ Hast du gleich Anschluss gefunden?

Ja, ich hab zusammen mit Lena gekocht. War echt nett mit ihr. Und du hast gleich André kennengelernt?

Ja, André, Marc und Marie-Claire. Wenn ich André nicht getroffen hätte, würde ich wohl jetzt noch durch die Schule irren und meine Klasse suchen.

Übertreib nicht! Du hättest es auch ohne André geschafft.

War schon gut, dass er da war. Wir haben auch die Pause zusammen verbracht. Er ist echt witzig, da ging es mir dann gleich viel besser. Neu zu sein ist ja nicht einfach. Er war sogar so nett, mir den Weg zur U-Bahn zu zeigen, und zum Abschied hat er gesagt, dass er sich schon freut, wenn wir uns morgen wiedersehen. Du hast echt tolle Freunde!

Hab ich dir doch gesagt. Freut mich, dass es dir gut geht.

Wir chatten eine Weile. Helene klingt euphorisch, wenn sie von der Schule berichtet, und traurig, wenn sie von daheim erzählt. Ja, es stimmt schon, meine Eltern haben wenig Zeit. Mich ärgert das auch manchmal.

Nachdem Helene sich ausgeloggt hat, poste ich ein Foto von Schweinchen Susi und schreibe als Kommentar dazu, dass in Fucking alle saumäßig nett sind. Dann klicke ich auf Andrés Seite. Vielleicht ist er ja on oder hat etwas gepostet.

Mon Dieu! Was ist das denn? Auf Andrés Pinnwand prangt ein neues Foto: Helene inmitten meiner Klassenkameraden. Neben ihr Marc, der wie immer schüchtern auf den Boden blickt, und André, der ihr überhaupt nicht schüchtern ein Küsschen auf die Wange haucht. Glückselig grinst Helene in die Kamera. IST ANDRÉ ETWA SOOOO NETT ZU IHR? So nett, wie er nur zu mir sein sollte? Er hat mich doch geküsst! Ich dachte, es wäre ihm ernst mit uns. Oder macht er das nur für die Kamera? Er ist ein ziemlicher Selbstdarsteller. Ich schnappe nach Luft, bemühe mich ruhig zu bleiben, aber mir kommen die Tränen. Andrés unpersönliche SMS, sein Schweigen und jetzt das! So ein Mist!

12

ICH BIN STOLZ AUF MICH, denn heute bin ich das erste Mal mit der U-Bahn zur Schule gefahren. Brigitte hätte mich auch wieder mit dem Auto gebracht, aber ich wollte es unbedingt allein schaffen.

In der Schulgarderobe treffe ich auf Marie-Claire. »Na, hast du gut geschlafen? Oder hast du vom Deutschwichtel geträumt?«

Ich schüttle den Kopf. »Nein, alles okay. Ich hab gestern Abend noch mit Fabienne gechattet. Sie muss sich total verloren vorkommen. Im Vergleich zu Paris ist Fucking wirklich die totale Einöde.«

»Ach, ich glaube, es gefällt ihr ganz gut bei euch. Sie hat ein Bild von eurem Ferkel bei FB gepostet. Susi ist echt witzig.«

»Wer ist witzig?« André steht auf einmal neben uns.

»Susi, das Hausschwein von Helene. Hast du Fabiennes Posting nicht gesehen?«, fragt Marie-Claire.

André zuckt mit den Schultern. »Gibt Wichtigeres als FB. Unseren Gig am Donnerstag zum Beispiel.«

»André und Marc sind angehende Rockstars, musst

du wissen«, erklärt Marie-Claire. »Manchmal glaube ich, André interessiert sich für nichts anderes mehr als seine Gitarrenriffs.«

»Wenn ich erst berühmt bin, machst du keine Witze mehr darüber. Und ich hab sehr wohl auch noch etwas anderes im Kopf«, sagt er und lächelt mich so süß an, dass mir fast die Luft wegbleibt.

Langsam glaube ich wirklich, er flirtet mit mir.

»Oh, dann sollten wir uns vielleicht gleich ein Autogramm geben lassen«, überspiele ich lachend meine Verlegenheit.

»Klar, aber dann musst du auch zu einem meiner Konzerte ko–«

Die Schulglocke läutet, und Marie-Claire unterbricht André. »Jetzt kannst du mal zeigen, was du als Künstler so draufhast.« Grinsend wendet sie sich mir zu: »Wir haben jetzt nämlich eine Doppelstunde Kunst. Da machen wir echt coole Sachen, du wirst schon sehen.«

Es ist schon seltsam. Abgesehen von der Sprache ist es anscheinend überall gleich: Die Hauptfächer heißen so, weil sie hauptsächlich anstrengend und langweilig sind, und die Nebenfächer, weil es ganz nebenbei Spaß macht, dem Unterricht zu folgen.

Im Kunstraum riecht es nach Farbe und Terpentin. Ich setze mich gleich zu meinen neuen Freunden an den Tisch. Unsere Aufgabe ist alles andere als leicht: Wir sollen eine kleine Tonfigur modellieren – nach dem Vorbild der Venus von Milo!

Ich knete den Ton so lange, bis er weich ist, dann versuche ich eine Figur zu formen. Nach einer Stunde sieht meine Venus schon ganz annehmbar aus, aber Marcs Venus kippt dauernd nach vorne.

»Ich würde zu einer Brustverkleinerung raten«, sagt Marie-Claire lachend und deutet auf die ziemlich beachtliche Oberweite der Statue.

»Was meint ihr?«, fragt Marc und blickt in die Runde.

André pappt ihm einen neuen Tonklumpen auf die Tischplatte. »Ja, Mann. Oder du verpasst deiner armen Venus ein Stützkorsett, bevor ihr das Kreuz bricht.«

»Stützkorsett. Pah! Ich bekomm das schon hin.« Marc kratzt etwas Ton von der Vorderseite seiner Venus und klebt ihn hinten ran, direkt auf den Po der Statue.

»Das nennt man dann wohl Gewichtsverlagerung«, bemerkt Marie-Claire grinsend.

»Was sagt ihr zu meinem Prachtexemplar?«, will André wissen.

Ich schaue mir seine Tonfigur an, die mit ihrer Turmfrisur eher an Marge Simpson als an die Venus von Milo erinnert, und sage lieber nichts.

»Und Helene? Was meinst du?«, fragt André erwartungsvoll.

»Na ja. Ungewöhnlich. Modern?«, weiche ich aus.

»Siehst du nicht, dass meine Venus eine Mini-E-Gitarre hält? Sie ist die rockigste Venus aller Zeiten!«

»Stimmt, jetzt erkenne ich es auch. Sie ist der Jimi Hendrix unter den Venussen, oder wie sagt man?«, entgegne ich und merke, wie ich erröte.

»Venen natürlich«, kommentiert Marc trocken.

»Dummie«, sagt Marie-Claire kichernd.

»RUHE!«, ruft Herr Bertram. »Mehr Konzentration, Herrschaften, wenigstens die letzten zehn Minuten.«

»Na, das reicht doch. Schönheitsoperation erfolgreich beendet«, meint Marc zufrieden.

Ich staune, denn jetzt steht Marcs Tonfigur nicht nur gut, sondern hat echt Ähnlichkeit mit der Venus von Milo. Er scheint wirklich Talent zu haben. Nachdem wir unsere kleinen Statuen ins Regal gestellt haben, räumen wir den Ton weg und wischen den Tisch sauber. Dabei lehnt sich André zu mir herüber, und ich spüre, wie allein durch seine Anwesenheit meine Wangen zu glühen beginnen.

»Auf was für Musik stehst du?«, erkundigt er sich ganz beiläufig.

»Weiß nicht. So ziemlich alles«, erwidere ich. Meine Haut kribbelt. Wahrscheinlich bin ich schon wieder knallrot wie eine Ampel.

»Vielleicht magst du ja wirklich mal zu einem meiner Konzerte kommen. Oder zu einer Probe? Ist immer cool, vor Publikum zu spielen.«

»Ja, warum nicht«, antworte ich leise.

»Am Donnerstag haben wir einen Auftritt im Jay Jays. Es würde mich total freuen, wenn du kämst«, sagt er und legt eine Hand auf meine Schulter.

Ich blicke zu ihm auf, direkt in seine eisblauen Augen. Mein Herz rast. Bestimmt werde ich gleich ohnmächtig.

»Ähm …«

»Sie kennt sich in Paris nicht aus, Mann«, unterbricht Marie-Claire mein hilfloses Gestotter.

André dreht sich zu ihr um und nimmt seine Hand von

meiner Schulter. Ein heißer, kribbelnder Fleck bleibt zurück, aber mein Kreislauf beruhigt sich wieder.

»Ach ja, stimmt. Marie-Claire, könntest du Helene nicht einfach abholen und mitbringen?«, fragt André und setzt einen Dackelblick auf.

»Sag schön bitte, dann mach ich's«, antwortet Marie-Claire lachend.

»Büüüddddeeee«, scherzt André und klimpert mit den Wimpern.

»Gut. Ich hätte es auch so getan«, sagt Marie-Claire, »sofern Helene überhaupt Lust hat. Wie sieht's aus?« Sie schaut mich fragend an. »Die beiden Möchtegern-Rockstars sind gar nicht mal so schlecht.«

»Wir sind gut! Extrem gut sogar«, mischt sich Marc ein, der als Letzter seinen Platz sauber gemacht hat.

»Klar, ich komme gern«, antworte ich.

»Prima. Das wird sicher ein cooler Abend. Jetzt, wo du dabei bist …« André lächelt mich an und berührt – rein zufällig? – meinen Arm.

»Komm, ich zeige dir, wo die Schürzen hingehören«, sagt Marie-Claire, und ich folge ihr zu einem großen Schrank. Als wir außer Hörweite sind, raunt sie mir zu: »Erwarte nicht zu viel. Das Jay Jays ist nur ein zweitklassiger Pub, und die Jungs, na ja, sie sind ganz okay, aber ein zweiter Jimi Hendrix ist nicht dabei. Den gibt's nur als Tonfigur.«

»Ach, es wird bestimmt toll. Ich war noch nie auf einem Konzert – von einer richtigen Band, meine ich. Bisher hab ich nur Dorf-Kapellen und Bierzelt-Bands gesehen.«

»Ehrlich? Na dann …«

»… kann ich gar nicht enttäuscht sein«, beende ich ihren Satz. »Ich weiß nur nicht, was ich anziehen soll. Hast du vielleicht einen Tipp für mich?«

»Hm, ich würde sagen, am besten was Stylisches, aber bleib leger.«

13

NACH DER SCHULE bringt André mich wieder zur U-Bahn, diesmal gemeinsam mit Marc und einem ganz in Schwarz gekleideten, stillen Jungen aus der Parallelklasse. Er heißt Luca und ist der Schlagzeuger der Band. Die drei wollen noch in den Proberaum, sich auf das Konzert vorbereiten, und – welch ein Zufall – meine U-Bahn-Station liegt auf dem Weg.

Beim Abschied drückt mir André als Einziger drei Küsschen auf die Wangen. Eine Mischung aus Pfefferminz-Kaugummi und herbem Jungs-Geruch steigt mir in die Nase.

»Bis morgen«, sagt er mit seiner rauchigen Stimme.

Meine Beine zittern, als ich die Stufen zum Bahnsteig hinuntergehe. Die ganze Fahrt über schwirrt mir der Kopf. Wahrscheinlich bilde ich mir nur ein, dass André an mir interessiert ist. Da hab ich so ein Talent dafür, wie vorigen Sommer bei Levin. Meine erste große Liebe. Bei ihm war ich mir auch so sicher, dass er mehr von mir will. Und dann …

Ich muss unbedingt mit Fabienne chatten und ihr erzählen, wie wahnsinnig aufmerksam und nett alle zu mir sind, besonders André. Vielleicht erfahre ich dann mehr über ihn. Nicht dass ich wieder auf die Schnauze falle, wie damals.

Hallo, Fabienne! Bist du da?

Klar, wo sonst. Fucking ist ja keine Metropole. ;-)

Super. Dass du on bist, meine ich. Nicht dass Fucking ein Kaff ist. ☹ Wie läuft's bei dir?

Ganz okay. Heute gab's 'ne Stichflamme in der Schulküche, weil Sebastian die Pfanne mit dem Fett auf dem Herd vergessen hatte. Die Pfeifer ist gehüpft wie ein Karnickel auf Möhrendoping und hat immerzu »Feuer, Feuer« geschrien. Ziemlich hysterisch. Lena hat dann ganz cool einen Deckel auf die Pfanne geschleudert und war danach die große Heldin.

Wahnsinn. Da bin ich mal ein paar Tage weg, und schon passiert was. Sonst ist Kochen nämlich oft langweilig. Euer Kunstunterricht ist da viel cooler. Und überhaupt, Paris ist so eine tolle Stadt! Außerdem sind alle so freundlich zu mir. Stell dir vor, André hat mich zu seinem Konzert eingeladen! Marie-Claire will mich abholen, und dann fahren wir gemeinsam hin. Cool, oder?

Hm. Cool.

Du, wegen André …

Was ist mit ihm?

Wie ist er eigentlich so? Er hat ja einige Verehrerinnen … Kann es sein, dass er ein richtiger Mädchenmagnet ist?

Ja, das trifft es ganz gut …

Ich hab irgendwie den Eindruck, dass er zu mir besonders nett ist. Er hat mich wieder zur U-Bahn gebracht und mir drei Küsschen auf die Wangen gegeben. Glaubst du …?

WAS???

Na ja, du weißt schon. Ob er mich mag und so …

André mag alle Mädchen. Wie du schon sagtest. Ein Mädchenschwarm eben. Ich würde mir an deiner Stelle nicht den Kopf darüber zerbrechen. Wahrscheinlich will er einfach nur nett sein. Weil du ja vom Land kommst. So tickt André eben.

Ach. Na gut. Ich dachte nur. Danke. Du bist echt eine liebe Freundin. ♥ Schließlich will ich mich nicht zum Affen machen.

Verstehe ich. Erzählst du mir dann, wie es beim Konzert war? Ich würde auch gern mal ausgehen. Aber hier gibt es ja nur Wald und Wiesen.

Sag das nicht. Nächste Woche findet bei uns das traditionelle Maifest mit Tanz, Bierzelt und Musik statt. Das ist immer der Höhepunkt des Jahres! Wird dir sicher gefallen. Vielleicht wirst du sogar zur Maikönigin gewählt. So hübsch, wie du bist.

Ja, mal sehen. Ich geh jetzt off. Deine Mum hat gesagt, heute ist Familienspieleabend.

Lass dich von meinem Bruder nicht übers Ohr hauen. Florian schummelt immer. Ich häng noch ein bisschen mit Bastet auf dem Schoß im Netz ab. Deine Eltern sind schon wieder beruflich unterwegs. ☹ Sag mal, ist das nicht auch schlimm für dich, wenn deine Eltern nie daheim sind?

Sie sind eben viel beschäftigt. Das hat aber auch seine guten Seiten. Ich kann tun und lassen, was ich will, solange ich mich an ein paar Grundregeln halte. Meist finde ich es ziemlich cool, immer sturmfrei zu haben. So, ich muss jetzt los. Ich werde aufpassen wie ein Luchs, wenn dein Bruder an der Reihe ist. Schummeln ist wirklich das Allerletzte. Thx für die Warnung. CU.

14

WAS SOLL ICH NUR ANZIEHEN? Marie-Claire hat stylisch, aber leger gesagt. Ich habe nicht einmal ein schwarzes T-Shirt dabei. Überhaupt finde ich meine Sachen viel zu gewöhnlich für Andrés Konzert. Lena hat schon recht, wenn sie sagt, dass meine Klamotten brav und langweilig sind. Mist! Ich hab kein passendes Outfit und bin außerdem spät dran. Langsam werde ich echt nervös. Bestimmt steht Marie-Claire gleich vor der Tür.

Ob ich vielleicht mal in Fabiennes Kleiderschrank schaue? Schließlich hat sie mir angeboten, etwas zu leihen. Ich werfe nur mal einen kurzen Blick in ihren Schrank.

Wow! Fabienne ist besser ausgestattet als so manche Boutique in Salzburg. Lena würde vor Begeisterung einen Schreikrampf bekommen.

Miau! Miau! Bastet streicht an meinen Beinen entlang und springt elegant auf einen Stapel Angorapullis. Ob sie das darf? Nicht dass sie mit ihren Krallen Fäden zieht. Ich versuche sie zu verscheuchen, doch keine Chance. Madame wirft mir nur ganz majestätisch einen abschätzigen Blick zu, als würde sie sagen wollen: Ich bin hier der Boss!

Seufzend streichle ich der Katzenpharaonin über die weiche Haut, und Bastet beginnt zu schnurren. Da entdecke ich, genau einen Regalboden über ihr, ein schwarz glänzendes Shirt mit Nieten auf den Schultern. Das ist genau das Richtige für heute Abend. Schnell schnappe ich es mir.

Bastet schmiegt ihren Kopf an meinen Bauch und verlangt nach weiteren Schmuseeinheiten.

»Sorry, Prinzessin. Ich muss mich fertig machen. Wenn du lieber im Schrank bleiben willst, meinetwegen.«

Fabiennes Shirt ist meine Rettung. Meine alte Jeans passt perfekt dazu. Zum Glück habe ich mir meine schwarzen Stiefeletten mitgenommen, obwohl es draußen schon recht warm ist. Ich trage etwas schwarzen Kajal rund um die Augen auf und föhne meine Haare etwas wilder als sonst.

Es klingelt. Das wird Marie-Claire sein. Auf dem Weg zur Tür stolpere ich fast über Bastet.

»Na, Mieze? War dir doch langweilig, ganz allein im Schrank?« Ich streichle ihr sanft über den Rücken. Die arme Katze teilt mein Schicksal. Sie ist hier genauso viel alleine wie ich, denn Brigitte und Richard sind ja so gut wie nie zu Hause. Bestimmt vermisst Bastet ihre Fabienne. Und heute lasse ich sie ebenfalls allein, wenn auch nur für einen Abend.

Ich öffne die Wohnungstür.

»Hi. Coole Klamotten! Das Shirt ist von Fabienne, oder?«, begrüßt mich Marie-Claire und schließt die Tür hinter sich. Sie sieht auch ziemlich gut aus in ihrem schwarzen Lederrock, den kniehohen Stiefeln, dem knallroten Top und der schwarzen Lederjacke.

»Ja. Fabienne hat gemeint, ich dürfte mir was ausleihen.«

»Echt? Das ist ja voll nett von ihr. Wollen wir gleich los?«

»Ich hole nur noch schnell meine Jeansjacke und die Handtasche«, sage ich.

»Alles klar.« Marie-Claire bückt sich und krault Bastet.

»Tschüss, Mieze. Bis später«, verabschiede ich mich von unserem Haustiger.

Wir laufen durch die kühle Abendluft, und mit jedem Schritt verschwindet meine Nervosität etwas mehr. Es wird bestimmt ein toller Abend.

Die Fahrt mit der U-Bahn dauert ziemlich lange. Wir müssen zweimal umsteigen, und ich bin froh, dass Marie-Claire sich so gut auskennt. Noch dazu macht es richtig viel Spaß mit ihr, da sie außerhalb der Schule noch viel witziger ist.

»Guck mal, dort. Popeye mit Olivia!« Sie zeigt auf ein Pärchen, das tatsächlich große Ähnlichkeit mit den Zeichentrickfiguren hat. »Wetten, deren Einkaufstüten sind voller Spinat?«

»Und Olivia muss alles schleppen, das ist ja mal wieder typisch«, witzele ich.

»Du weißt doch, wie die Jungs sind. Immer den großen Macker markieren, aber wenn's drauf ankommt, die Mädels die ganze Arbeit machen lassen. Ist in der Schule auch nicht anders. Wenn ich an das letzte Bio-Referat denke, das ich mit André halten musste … da hab ich alles recherchiert, und er hat es nur noch abgelesen, der faule Kerl.«

Ich nicke mitfühlend. Das ging mir früher in der Mittelschule auch nicht anders.

Mit Marie-Claire vergeht die Zeit wie im Fluge, obwohl wir eine gute halbe Stunde durch die Unterwelt fahren.

Das *Jay Jays* entpuppt sich als kleine Spelunke in einer düsteren Seitengasse. Zum Glück sieht es im Pub selbst viel freundlicher aus. In der Mitte des Raums stehen dicht gedrängt viele kleine Tische mit Bänken und Stühlen. Ganz hinten befindet sich die Bühne, auf der schon die Instrumente aufgebaut sind, rechts davon verläuft ein L-förmiger Tresen.

Die anderen Gäste scheinen auch Schüler zu sein. Mir fällt sofort auf, wie viele Mädchen da sind, wahrscheinlich Andrés Fanklub. Ich bin mir nicht sicher, ob sie auch bei uns auf die Schule gehen. Abgesehen von den Schülern aus meiner Klasse erkenne ich niemanden.

»Und?«, fragt Marie-Claire. »Wie gefällt's dir?«

»Gut«, antworte ich, »wo wollen wir sitzen?«

Marie-Claire zeigt auf einen freien Tisch ganz nahe bei der Bühne. »Den haben uns die Jungs reserviert.«

Als der Kellner kommt, bestelle ich eine Cola, Marie-Claire nimmt einen Red Bull.

»Bin schon gespannt, wie du die Musik findest«, sagt meine neue Freundin.

»Sie muss super sein, sonst wären nicht so viele Groupies da, oder?«, antworte ich und nicke in Richtung eines Mädchens, das ein Shirt mit **I♥André** trägt. Wie peinlich!

»Ach, das ist Denise. Die ist in der Parallelklasse und steht voll auf André. Ich glaub, die ist schon seit der Grundschule in ihn verknallt«, erzählt Marie-Claire kichernd.

»Echt? Eine Sandkastenliebe?«

»Ja, aber einseitig, glaub mir. André geht ihr aus dem Weg, so gut er kann. Und ehrlich gesagt, nervt sie mich auch ein wenig. Dieses ewige Schmachten, André hier, André da – das ist auf die Dauer echt anstrengend!«

Der Kellner bringt unsere Getränke. Gleichzeitig betreten André, Marc und Luca die Bühne, und das Publikum beginnt zu johlen.

Ein älterer Mann, Mitte fünfzig, schiebt sich nach vorn und ergreift das Mikrofon. »Heute zum zweiten Mal hier, die *Rock Rockets*. Freut euch auf Luca, Marc und André!«, moderiert er die Band an.

Als er Andrés Namen nennt, kreischen ein paar Mädchen wie verrückt. Ich finde das ehrlich gesagt etwas peinlich. Schließlich steht da oben nicht *Coldplay*, sondern eine Schulband. Kein Grund also, sich wie ein Groupie zu benehmen.

»Das war Jay Jay. Ihm gehört der Laden. Eigentlich heißt er Charles«, schreit mir Marie-Claire ins Ohr.

Luca gibt mit seinem Schlagzeug den Takt vor. Das Publikum verstummt, André setzt mit der Gitarre ein, und Marc übernimmt den Bass.

Ich lehne mich zurück. Zuerst spielen die drei einfach wild drauflos. André schmettert ein irre schnelles Gitarrensolo. Danach beginnt er den ersten Song zu singen, und ich bin wirklich verblüfft, wie toll seine Stimme klingt. Richtig erwachsen, fast wie ein echter Rockstar.

»Ganz okay, nicht wahr?«, zischt Marie-Claire mir zu.

Ich kann nur nicken, denn ich bin wie gebannt von Andrés Auftritt. In dem Moment tritt Marc neben André ans Mikro, und gemeinsam singen sie den Refrain. Die beiden harmonieren perfekt: André hört sich tief und rauchig an, Marc, der eine Tonlage höher singt, klar und warm. Ich kann gar nicht sagen, wer mich mehr beeindruckt.

Als die Menge zu klatschen beginnt, hält auch mich nichts mehr auf dem Stuhl. Begeistert springe ich auf und kreische genauso laut wie alle anderen. So viel zum Thema Groupies und Schulband. In dem Moment fängt André meinen Blick auf und zwinkert mir hinter dem Mikrofon zu.

Nachdem die Band vier englische Songs gespielt hat, folgt ein französischer Song. Außer mir scheinen alle das Lied zu kennen, denn sie grölen so laut mit, dass ich nicht einmal im Ansatz verstehe, um was es geht.

Nach dem Lied wird es still. André nimmt das Mikro und steigt von der Bühne. Er kommt direkt auf mich zu, und der Scheinwerfer folgt ihm, bis wir beide im Lichtkegel stehen. Der ganze Pub starrt mich an. Marie-Claire kichert, und mir wird heiß.

»Das schönste Mädchen des Abends darf sich aussuchen, ob wir vor der Pause noch *Bed of Blooms* oder *Rain of Roses* für euch spielen.« André nimmt meine Hand und deutet einen Handkuss an.

Mein Herz rast, und ich merke, wie ich knallrot werde.

»Schöne Helene, bei welchem Lied willst du mich auf die Bühne begleiten?«

Abwehrend schüttle ich den Kopf. Aber die Gäste im *Jay Jays* brüllen schon laut ihren Musikwunsch und meinen Namen.

»Du kannst dich nicht davor drücken«, sagt André und grinst mich an.

»*Be... bed of Blooms*«, stottere ich.

»Ihr habt es gehört! Ein Bett voller Blüten für meine Helene und einen Applaus!«

Das Publikum klatscht und pfeift laut, während André mich auf die Bühne schleppt. Von hier oben aus sehe ich die Menge kaum, so stark blenden mich die Scheinwerfer. Ich will wieder die Treppe hinuntergehen, doch André hält meine Hand fest. Voller Leidenschaft beginnt er zu singen und blickt mir dabei die ganze Zeit in die Augen.

Ich versuche tief durchzuatmen, aber mein Herz will sich einfach nicht beruhigen. Es hämmert erbarmungslos gegen meine Rippen. Als das Lied zu Ende ist, legt André seine Gitarre zur Seite und trägt mich von der Bühne, als wäre ich leicht wie eine Feder. Ich sehe Fotoapparate aufblitzen.

»Danke. Du warst atemberaubend!«, sagt Andre und küsst meine Wange, nachdem er mich an meinem Platz abgesetzt hat. »Und schön, dass du gekommen bist!«, bemerkt er noch, bevor er zu seiner Band zurückgeht.

»In 'ner halben Stunde geht's weiter«, verkünden die *Rock Rockets*, bevor sie hinter der Bühne verschwinden.

»Komm, wir schauen mal nach den Jungs«, sagt Marie-Claire.

»Backstage?«, frage ich und bin noch immer ganz durcheinander.

»Klar. Wir dürfen das.«

15

DIE ROCK ROCKETS werden schon von ihren Fans belagert. Denise sitzt beinahe auf Andrés Schoß, so dicht quetscht sie sich an ihn ran. Doch André scheint es nicht zu stören. In dem Moment steht Marc auf und stemmt die Hände in die Hüften. Auf einmal sieht er richtig selbstbewusst aus.

»Mädels! Jetzt aber raus mit euch. Gönnt uns ein paar Minuten Pause, sonst haben wir nachher gar keine Energie mehr.«

Denise murrt beim Hinausgehen. Ich will auch kehrtmachen, da spüre ich, wie mich jemand festhält.

»Ihr könnt natürlich bleiben«, sagt Marc. »Nur die aufdringlichen Girlies sollten verschwinden.«

Er wirkt irgendwie verändert. So, als hätte der Auftritt ihm eine ordentliche Portion Selbstbewusstsein gegeben.

»Setz dich zu uns, Helene.« André klopft auf den Platz neben sich. »Wir haben Apfelschorle, Cola und Red Bull. Nimm dir, was du magst.«

»Danke«, sage ich und greife nach einer Apfelschorle. Ich bin so aufgewühlt, dass ich André gar nicht in die Augen schauen kann. Mit meinem erzwungenen Auftritt hat er mich völlig aus dem Gleichgewicht gebracht. Normalerweise mag ich es nämlich überhaupt nicht, im Mittelpunkt zu stehen. Hilfe suchend blicke ich zu Marie-Claire, doch die ist schon in ein Gespräch mit Luca vertieft.

»Ich hoffe, du nimmst es mir nicht übel, dass ich dich auf die Bühne geschleppt habe. Aber ich wollte nicht wieder Denise da oben haben. Da hab ich jedes Mal Angst, dass sie mich zu Boden wirft und abknutscht.«

»Hm«, brumme ich.

»Davon träumst du wohl«, meint Marc grinsend und boxt André in die Seite.

»Eure Musik ist echt super«, versuche ich das Thema zu wechseln.

»Ja, aber so richtig gut sind wir erst, seit Marc bei uns mitmacht«, erklärt André.

Marc zuckt mit den Schultern und blickt auf einmal wieder schüchtern zu Boden. »Ich bin halt nicht so der Typ für große Auftritte. Das hat mich schon Überwindung gekostet. Außerdem bin ich mir nie sicher, ob ich gut genug bin.«

»Bist du. Auf alle Fälle«, sage ich.

Marc lächelt mich an und wird rot, genau wie ich, wenn ich mich unsicher fühle. Schnell macht er eine wegwischende Handbewegung und versteckt sich hinter seinem Colaglas.

»Ach, die Mädchen interessieren sich sowieso nur für André. Wir könnten den größten Mist spielen, die würden immer noch kreischen, solange unser Sonnyboy auf der Bühne steht«, meldet sich Luca zu Wort.

»Fans sind wichtig. Aber wirklich bedeuten tun mir andere Menschen etwas«, behauptet André.

Ist es Zufall, dass sein Knie einen kurzen Wimpernschlag lang meins berührt und er mich dabei anblinzelt? Mein Puls beginnt schon wieder zu rasen wie ein Pferd auf der Trabrennbahn, und ich weiß genau, dass meine Wangen mindestens so rosig schimmern wie die von Marc. Mir fällt nichts anderes ein, als mich ebenfalls hinter meinem Glas zu verkriechen. Die kühle Apfelschorle tut meinem trockenen Hals gut.

Inzwischen diskutieren die Jungs darüber, welche Songs sie als Zugabe spielen sollen.

»Hey, nach dem Konzert bleibt ihr aber schon noch ein bisschen, oder?«, fragt Marc.

Marie-Claire grinst. »Keine Sorge, ihr drei sollt nicht die Einzigen sein, denen morgen im Unterricht die Augen zufallen.«

Nach der dritten Zugabe bauen die Jungs ihre Instrumente ab, und die Bühne wird zur Tanzfläche. Mit Brigitte habe ich vereinbart, dass ich vor Mitternacht zu Hause bin, also bleibt mir noch eine knappe Stunde. Als der DJ die erste Platte auflegt, stürmen Marie-Claire und ich nach vorn und mischen uns unter die Tanzenden. Es dauert nicht lange, bis André, Marc und Luca zu uns stoßen. Während Marie-Claire mit Marc und Luca in der Menge verschwindet, bleibt André ganz dicht an meiner Seite. Obwohl sich Denise und ihre Freundinnen dauernd zwischen uns drängen, tanzt er nur mit mir. Ich bin froh, dass es auf der Bühne so dunkel ist und niemand meine roten Ohren sehen kann.

Kurz nach elf verlassen Marie-Claire und ich den Pub, die drei Rockstars bleiben noch.

»Morgen werden sie direkt vor dem Giftzwerg einschlafen«, meint Marie-Claire.

»Oje, dann gibt es sicher einen Zwergenaufstand«, erwidere ich grinsend.

Müde, aber glücklich verabschieden wir uns voneinander.

Als ich nach Hause komme, sind Richard und Brigitte ausnahmsweise schon daheim und sitzen mit einem Glas Rotwein vorm Fernseher. Es ist das erste Mal, dass ich die beiden so entspannt erlebe. Brigitte dreht den Ton ab, als ich mich zu ihnen setze.

»Und wie war es?«, will Richard wissen.

»Großartig. Wenn ich darf, würde ich gern öfter mal mit meinen Klassenkameraden weggehen.«

»Ich wüsste nicht, was dagegensprechen sollte. Es ist fünf vor zwölf. Wie es aussieht, kann man sich auf dich verlassen.« Brigitte lächelt. »Du sollst die Zeit hier ja genießen. Man ist nur einmal jung.«

»Danke, das ist prima«, antworte ich und erhebe mich gähnend. »Gute Nacht.«

»Gute Nacht. Schlaf schön«, antwortet Brigitte und stellt den Ton wieder an.

Ich geh ins Bad und falle anschließend ins Bett. Mein Puls rattert noch immer wie eine Eisenbahn. So einen aufregenden Abend hatte ich schon lange nicht mehr. Eigentlich wollte ich Fabienne noch schreiben. Aber das muss bis morgen warten. Ich schließe meine Augen, und es kommt mir so vor, als würde immer noch Andrés Pfefferminz-Jungsgeruch in der Luft liegen. Meine Gedanken wirbeln wild durcheinander, und ich fühle mich wie im Märchen. Ob André mein Prinz ist?

16

WARUM MELDET SICH ANDRÉ NICHT? Es kann doch nicht so schwer sein, einen kurzen Gruß über WhatsApp, eine SMS oder meinetwegen auch eine Chat-Nachricht zu schicken. Auf FB habe ich gesehen, dass die halbe Klasse zu Andrés Konzert gehen wollte. Langsam quält mich die Sehnsucht nach meinen Freunden. Ja, es ist ganz nett hier. Doch selbst wenn ich am tollsten Strand der Welt liegen würde – ohne André würde mir das Herz wehtun.

Es ist Freitagnachmittag, und das Wochenende steht vor der Tür. Partytime. Aber ich hocke hier in der Einöde und starre abwechselnd auf die grasenden Pferde und mein Smartphone. Bei den Pferden ist mehr los als in meinem Posteingang. Langsam bereue ich es, dass ich Lena abgesagt habe, die heute Abend ins Open-Air-Kino gehen wollte.

Florian kommt aus dem Haus und setzt sich zu mir in die Sonne. Susi läuft im Schweinsgalopp hinter ihm her und legt sich zu seinen Füßen.

»Na, Schwester auf Zeit, was geht?«

Ich zucke mit den Schultern.

Flo lehnt sich zurück. »Die Landjugend hängt Freitagabend immer in Thomas' Partyhütte ab. Das ist der Junge, dem die Pferde gehören, die du die ganze Zeit anstarrst, als würden sie gleich Gold kacken.« Florian lacht über seinen eigenen Witz.

Ich ziehe eine Augenbraue hoch, worauf er verlegen zu hüsteln beginnt und seine Wangen eine rosa Farbe annehmen. Er räuspert sich. »Wir planen heute das Maifest. Tom hat gefragt, ob du dabei bist.«

»Ich weiß nicht«, sage ich und werfe erneut einen Blick auf das Display.

»Wie du meinst. Du kannst es dir ja noch überlegen. Ich geh dann mal wieder runter. Papa braut gerade ein paar neue Fässer *Fucking Helles* fürs Maifest.«

»Was macht er?«, frage ich erstaunt.

»Papa hat eine Mini-Brauerei im Keller, nur leider hat er es noch nicht geschafft, ein Gewerbe anzumelden. Dabei wäre *Fucking Helles* und *Fucking Dunkles* bestimmt ein richtiger Verkaufsschlager. Papa ist der beste Schwarzbierbrauer der ganzen Gegend!«, erklärt Florian mit stolzgeschwellter Brust. »Willst du zusehen?«

Ich schüttle den Kopf. Für eine Lehrstunde in Bierbrauen hab ich jetzt ehrlich keinen Kopf. Da schwirrt mir André zu sehr in den Gehirnwindungen herum.

»Dann ein anderes Mal«, schlägt Flo vor. »Ich will ein paar Bilder knipsen. Vielleicht schafft Paps es bald, die Brauerei offiziell zu machen. Dann könnte ich sein Bier auf unserer Fucking-Homepage bewerben. Ich hab mir auch schon einen Slogan überlegt: *Trink dein Bier, egal ob lang-*

sam oder schnell. Hauptsache, Fucking dunkel oder hell. Was meinst du?«

»Klingt lustig«, sage ich lächelnd.

Florian schlägt sich auf die Oberschenkel und steht auf.

»Susi, komm!«, ruft er, aber die kleine Sau rührt sich nicht von der Stelle. Freundlich grunzt sie mich an.

»Sie kann ruhig bleiben«, sage ich.

»Auch gut«, meint Florian und trottet davon.

Susi quiekt vergnügt und rutscht näher an meine Beine ran. Anfassen will ich das Ferkel noch immer nicht, aber es stört mich schon nicht mehr, dass Susi fünf Zentimeter von meinen Zehen entfernt hockt.

»Na, Susi, wer ist wohl die ärmere Sau von uns beiden? Du, weil du ein Ferkel bist? Oder ich, weil ich so saudumm bin, dauernd aufs Smartphone zu gucken, ob sich ein gewisser Kerl vielleicht dazu herablässt, mir zu schreiben?«

Seufzend öffne ich Facebook. André ist nicht on, aber er hat ein paar neue Bilder auf seiner Seite gepostet. Im *Jay Jays* war offenbar die Hölle los. Mein Herz sticht vor Kummer. Ob man an Sehnsucht sterben kann?

Langsam scrolle ich die Fotos durch. Tanzende Leute auf der Bühne. Ich erkenne Marie-Claire und Marc. Auf einem Bild ist auch Helene. Sie tanzt mit André. Viel zu eng für meinen Geschmack. Ich schlucke schwer und zoome den Bildausschnitt näher heran. Er hat seine Arme um ihre Hüften gelegt, und die Hände fast schon an ihrem Po! Und wie sie ihn anhimmelt. Merde! Trägt sie etwa auch noch mein Nieten-T-Shirt? Gut, ich hab ihr ausdrücklich erlaubt, dass sie sich in meinem Kleiderschrank bedienen kann – aber doch nicht, um mit André zu flirten!

Ich blinzle die bitteren Tränen weg, die sich in meine Augenwinkel stehlen. Ruhig, Fabienne. Denk nach! Vielleicht ist das nur eine blöde Momentaufnahme. So etwas kommt vor. Der Auslöser wird genau in dem Augenblick gedrückt, in dem eine Situation eindeutig erscheint, aber in Wirklichkeit ist alles ganz anders. Warum sollte sich André auch an Helene heranmachen, wo er doch genau weiß, dass sie meine Austauschschülerin ist?

Ich straffe die Schultern und schiebe das Smartphone zurück in meine Hosentasche.

»Los, Susi, wir gehen die Pferde besuchen.«

Wie ein wohlerzogener Hund erhebt sich das Schweinchen und trottet hinter mir her zur Weide. Die Pferde kommen neugierig an den Zaun getrabt. Vorsichtig strecke ich meine Hand aus und streichle den braunen Haflinger, der sich besonders weit zu uns herüberbeugt. Warme Luft schlägt mir aus seinen Nüstern entgegen. Es ist schön, so ein großes Pferd mal ganz aus der Nähe zu sehen.

»Das ist Fallabella. Sie ist schon ziemlich alt, aber genau das richtige Pferd, um mit dem Reiten anzufangen.« Neben mir ist plötzlich ein Junge in meinem Alter aufgetaucht. Er geht in die Knie und krault Susi, die sich auf dem Rücken wälzt und die Streicheleinheiten genießt.

»Ich bin Tom, eigentlich Thomas. Florian hat mir schon gesagt, dass du vielleicht ein paar Reitstunden nehmen willst. Du bist doch Fabienne, oder?«

»Ja, bin ich«, antworte ich überrascht.

»Hätte mich auch gewundert, wenn Florian auf einmal Damenbesuch bekommen würde.« Tom erhebt sich und zwinkert mir zu. »Ich muss dann los. Es gibt noch eine Menge vorzubereiten für heute Abend.«

»Ah. Die Partyhütte.«

»Du kennst dich ja schon bestens aus, wie eine echte Fuckingerin!« Er grinst. »Dann bis später. Du bist doch dabei, oder?«

»Mal sehen«, gebe ich unentschieden zurück.

Tom winkt beim Weggehen. Ich bleibe noch eine Weile bei Fallabella stehen und streichle ihr Fell. Ich sollte wirklich die Gelegenheit nutzen und Reitstunden nehmen. In Paris ist das nicht so einfach wie hier.

17

NACH DEM ABENDESSEN mache ich mich in meinem Zimmer zurecht. Im Laufe des Nachmittags bin ich zu dem Entschluss gekommen, dass ein paar Stunden in Toms Partyhütte allemal besser sind, als daheim die ganze Zeit aufs Handy zu starren.

Geübt ziehe ich mit dem Eyeliner den Lidrand nach. Noch etwas Mascara und Lipgloss, und voilà, ich bin fertig!

Pling! Eine Chatnachricht. Ausgerechnet jetzt, wo ich mir vorübergehend eine Handy-Pause verordnet habe. Mein Herz flattert, ohne dass ich etwas dagegen tun kann. Schon schießt mir der hoffnungsvolle Gedanke durch den Kopf: André?

Ich gucke aufs Display, und welche Überraschung, er ist es natürlich nicht. Jungs! Wieso kann man nicht mit ihnen, aber auch nicht ohne sie? Dafür ist Helene im Chat, verlässlich wie der Hahn auf dem Misthaufen.

Fabienne? Bist du da?

Hallo, Helene. Ja. Bin on. Wie war das Konzert?

Wow! Ich hatte schon lange nicht mehr so einen phantastischen Abend! Marc und André waren der Hammer. Wieso hast du mir nicht erzählt, wie genial André singen kann? Später hat er sogar noch mit mir getanzt. Mir ist jetzt noch ganz schwindlig davon, und ich konnte mich den ganzen Schultag nicht konzentrieren. Er ist so … ich weiß gar nicht, wie ich ihn beschreiben soll.

Aha. Also war es schön für dich.

Ja!!! ☺ Ich bin so froh, dass ich beim Austausch mitmache. Auf die Stadtführung morgen freu ich mich auch schon total. Anfangs hatte ich ja noch Angst, wie du weißt, aber jetzt finde ich Paris einfach nur super. Übrigens, vielen Dank, dass ich mir deine Klamotten ausleihen darf! Du bist echt eine tolle Freundin.

Freut mich. Bis später. Ich mach Schluss für heute. Tschüss.

Schnell schließe ich das Chatfenster. Verdammt! Ich hatte so gehofft, dass die Bilder auf Facebook einfach nur blöde Schnappschüsse waren. Doch da habe ich mich getäuscht. Helene steht auf André! Auf meinen André! Sie weiß vielleicht nicht, dass er mein André ist, aber wieso macht sie sich sofort an ihn ran? Ich würde mich hier in Fucking – bei Helenes Freunden – niemals einem Jungen an den Hals werfen. Aber sie scheint da überhaupt keine Hemmungen zu haben. Das ist so gemein!

Ich gehe ins Bad und schaue in den Spiegel. Die ganze Wimperntusche ist verlaufen. So kann ich auf keinen Fall zur Party gehen. Besser, ich leg mich gleich ins Bett und heule mich in den Schlaf. Ach, André, ich hatte so gehofft, du würdest mich auch ein kleines bisschen vermissen!

18

ICH SCHLAGE DIE AUGEN AUF und bin einfach nur glücklich. Es ist Saaamstaaag! Heute wollen mir meine neuen Freunde Paris zeigen! Voller Tatendrang setze ich mich im Bett auf. Bastet liegt zusammengerollt neben meinen Füßen und hebt müde den Kopf.

»Guten Morgen, Eure Hoheit. Leider hab ich keine Zeit für ein Schmusestündchen. Ich muss mich jetzt herausputzen, und dann wird die Stadt unsicher gemacht!« Voller Vorfreude schwinge ich die Beine aus dem Bett.

Irritiert erhebt sich Bastet und streckt sich ausgiebig. Was ist sie doch für ein edles Geschöpf! Nur ihr Gähnen passt nicht zu ihrer majestätischen Erscheinung.

André, Marc und Marie-Claire stehen um Punkt neun vor der Tür.

»Salut, Helene. Super, dass du schon fertig bist«, begrüßt mich Marie-Claire. »Wenn man in den Louvre will, sollte man nicht zu spät dran sein, denn sonst ist es brechend voll dort.«

»Oh, wir gehen ins Museum?«, frage ich enttäuscht.

»Erst die Arbeit, dann das Vergnügen!«, verkündet André und seufzt theatralisch.

»Hey, ihr Kunstbanausen! Die Mona Lisa ist Weltklasse«, mischt sich Marc ein. »Und die Arbeit hatte wohl vor allem Leonardo, nicht wir. Der arme Kerl hat gut drei Jahre für das Bild gebraucht. Und ob die Dame eine angenehme Gesellschaft war, weiß ich nicht. Vermutlich fehlten ihr nämlich die Schneidezähne. Darum lächelt sie so verstohlen.«

André legt eine Hand auf Marcs Schulter. »Da hat ja jemand besonders gut aufgepasst. Du machst doch nur einen auf Kunstexperte, um Helene zu beeindrucken!«

Marc schüttelt Andrés Hand ab und verpasst ihm einen Stoß in die Seite.

»Lasst uns gehen, bevor ein Hahnenkampf ausbricht«, sagt Marie-Claire.

»Ja. Ich bin schon ganz gespannt auf die Stadt! Ich will alles sehen!«

»Alles kannst du in Paris nicht sehen, noch nicht mal, wenn du zweihundert Jahre alt werden würdest. Aber wir zeigen dir heute die Highlights. Nicht wahr, Jungs?«

Kaum zu glauben, aber das Museum kostet keinen Eintritt. Jugendliche unter achtzehn Jahren dürfen die Mona Lisa kostenlos bestaunen. Das ist bei uns in Österreich ganz anders, da ist spätestens mit sechs Jahren überall Schluss mit gratis.

Meine neuen Freunde führen mich durch den Louvre. Wir wandern an ägyptischen Skulpturen vorbei und an Gemälden, die ich bislang nur im Fernsehen oder in Kunstbüchern gesehen habe. Schließlich stehen wir vor dem berühmtesten Bild des Museums: der Mona Lisa. Zentimeterdickes Panzerglas schützt das wertvolle Gemälde. Eine Gruppe Japaner schiebt sich nach vorn und knipst mindestens hundert Bilder. Wir stellen uns brav in die Warteschlange, bis wir an der Reihe sind.

»Da lob ich mir doch die moderne Zahnmedizin. Stellt euch vor, ich müsste immer so gucken«, witzelt Marie-Claire und imitiert das berühmteste Lächeln der Welt.

»Stimmt. Mona kann einem echt leidtun, zumal sie auch sonst nicht besonders attraktiv war«, meint André. »Wenn Leonardo da Vinci die Wahl gehabt hätte, dann hätte er bestimmt lieber dich gemalt, Helene. Du bist hundertmal schöner.«

So rot, wie ich werde, schlage ich in Sachen Farbintensität locker Leonardos Meisterwerk.

»Und ich?«, gibt sich Marie-Claire gespielt empört.

»Du bist zigmal schöner«, antwortet André grinsend.

»Da soll man nicht beleidigt sein. Kommt, gehen wir lieber zur Venus von Milo. Mal sehen, ob sie im Original auch so eine tolle Figur hat.« Marie-Claire deutet mit den Händen zwei melonengroße Brüste an.

»Na super, diese Kunststunde verfolgt mich bestimmt noch bis zum Abi!« Marc seufzt.

»Wolltest du nicht sogar Kunst studieren?«, entgegnet André lachend.

Vor dem Louvre steht ein kleiner Crêpe-Wagen, und wir reihen uns in die Warteschlange ein. Gemälde machen hungrig, auch wenn man sie nur betrachtet und nicht selbst malen muss.

Als André seinen Crêpe bestellt, flirtet er mit der jungen Verkäuferin, die vor Verlegenheit ganz rot wird. Offenbar hat André nicht nur auf mich diese Wirkung. Das Mädchen ist vielleicht zwei, drei Jahre älter als wir, und im Handumdrehen hat André herausgefunden, dass sie diesen Job nur am Wochenende macht.

Nachdem er in seine Teigrolle gebissen hat, seufzt er zufrieden. »So eine gute Crêpe habe ich noch nie gegessen! In Zukunft kaufe ich meine Crêpes nur noch bei dir.«

Das Mädchen kichert und macht eine wegwischende Handbewegung. Dann wendet sie sich schnell dem nächsten Gast zu, der schon ungeduldig wartet.

Mit den Crêpes in der Hand schlendern wir Richtung Seine.

»Du alter Charmebolzen! Du hast das arme Crêpe-Mädchen total durcheinandergebracht«, meint Marc, als wir außer Hörweite sind.

»Neidisch?«, fragt André, aber Marc verdreht nur die Augen. Dann fragt er mich, ob ich lieber erst eine Bootsfahrt auf der Seine machen möchte oder zu Fuß den Eiffelturm besteigen will.

»Die Bootsfahrt, bitte!«, erwidere ich. »Nach dieser Wanderung durch die Kunstgeschichte würde ich gern erst mal eine Weile sitzen.«

»Danke, Helene! Du rettest mich und meine Füße«, sagt Marie-Claire. Ihre hochhackigen Schuhe hätten mich schon längst zu Fall gebracht.

Unsere Bootsfahrt startet direkt vor dem Eiffelturm. Während wir darauf warten, an Bord zu gehen, kauft Marie-Claire schon online die Tickets für den Eiffelturm. »Dann können wir gemütlich eine Stunde durch die Gegend tuckern und uns berieseln lassen. Danach sind wir direkt wieder am Eiffelturm, sparen uns die Warterei und stürmen die 704 Stufen in Windeseile hoch!«, verkündet sie und lässt ihr Smartphone wieder in der Tasche verschwinden.

Insgeheim bewundere ich Marie-Claire, die sich so gut in der Stadt auskennt. Obwohl sie genauso alt ist wie ich, scheint sie schon viel selbstständiger zu sein.

Wir haben wahnsinniges Glück und ergattern die besten Plätze auf dem Oberdeck. Die Fahrt beginnt, und die Touristeninformationen werden sowohl auf Englisch als auch auf Französisch abgespielt.

»Oh. Notre-Dame!«, schwärme ich, als wir an der mächtigen Kathedrale vorbeifahren.

»Der Glöckner und seine Esmeralda, was?« André grinst mich schelmisch an.

Schon schießt mir das Blut in die Wangen. Es kann doch nicht sein, dass dieser Junge eine schlimmere Wirkung auf mich hat als eine Achterbahnfahrt auf dem Oktoberfest!

Ob André seine Komplimente überhaupt ernst meint? Oder ist das alles nur ein Spiel für ihn? Und wie er mich andauernd ansieht. So, als wäre ich etwas Besonderes. Genauso war es mit Levin. Die bittere Erinnerung an meine erste Liebe kommt wieder hoch, und ich versuche, sie zu verdrängen. Irgendwie erinnert mich André an ihn. Levin hatte auch eine geradezu magnetische Anziehungskraft auf

Mädchen. Sie flogen auf ihn wie Motten auf eine Straßenlaterne. Ich beobachte André aus den Augenwinkeln. Es ist nicht leicht, hinter seine Fassade zu schauen.

»Vielleicht interessiert sich Helene für das Bauwerk und nicht für den Glöckner«, unterbricht Marc meine Überlegungen. »Wenn du willst, können wir die Kirche in den nächsten Tagen mal besichtigen.«

Ich bin überrascht, dass der Vorschlag von Marc kommt, und muss die Information erst mal verarbeiten.

»Oh, jetzt hab ich dich verschreckt«, sagt Marc und klingt ein wenig enttäuscht.

»Nein. Das wäre nett«, beeile ich mich zu antworten.

»Unser Marc kommt aus der Reserve«, bemerkt André grinsend und kassiert dafür böse Blicke von allen Seiten.

Marc und Marie-Claire zeigen mir alle Sehenswürdigkeiten entlang der Seine, und André klopft weiter fröhlich Sprüche. Die Sonne scheint warm auf meine Haut, und ich wundere mich nicht länger, dass mein Herz dauernd Purzelbäume schlägt und ich rot werde. Das liegt bestimmt an Paris und am Frühling. Schließlich sind wir in der Stadt der Liebe, und da muss man einfach Schmetterlinge im Bauch haben.

»Und was willst du einmal werden?«, fragt mich André, nachdem er lang und breit erklärt hat, wie er sich seine große Musikerkarriere vorstellt.

»Tierärztin. Ich liebe Tiere«, antworte ich.

»Echt? Noch so eine Tierfreundin«, wundert sich André.

»Kennst du noch jemanden, der Tierarzt werden will?«

»Ja, direkt neben dir«, wirft Marc schüchtern ein.

»Wirklich? Das ist ja toll. Auf was willst du dich spezialisieren? Ich glaube, ich würde mich für die klassische Kleintierpraxis entscheiden, obwohl ich auch Pferde und Kühe mag.«

»Wenn ich es mir aussuchen könnte, dann würde ich im Zoo arbeiten. Dort jobbe ich jedes Jahr in den Ferien.«

»Toll! Das würde ich auch gerne machen, aber unser nächster Zoo ist in Salzburg und, na ja … eher klein. Ferialstellen bieten die gar nicht an. Zum Glück haben wir ein paar Tiere auf unserem Hof. Unser Schweinchen Susi ist echt herzig. Du müsstest einmal sehen, wie sie um Leckerlis bettelt. Herzzerreißender als jeder Dackel.«

»Mann. Tierverrückte unter sich. Ich hol mir noch eine Cola, bevor wir wieder anlegen. Marie-Claire, willst du auch was?«, fragt André und steht auf. Marie-Claire schüttelt den Kopf, und André verschwindet in Richtung Restaurant.

»Was hat er denn?«, frage ich.

»Nicht die ungeteilte Aufmerksamkeit«, entgegnet Marie-Claire. »Auf jeden Fall finde ich es toll, dass ihr beide den gleichen Berufswunsch habt.«

»Wenn du willst, zeige ich dir den Pariser Zoo«, bietet Marc an.

»Vor oder nach Notre-Dame?«, frage ich lächelnd.

»An zwei verschiedenen Tagen, wenn du magst. Damit wir wirklich Zeit haben. Ich werde sehen, dass mein Freund Claude arbeitet. Er ist Tierpfleger bei den Manatis. Claude lässt uns bestimmt einen Blick hinter die Kulissen werfen.« Marc schaut mir in die Augen, und mir wird heiß. Meine Güte, jetzt geht es mir mit Marc schon genauso wie mit André! Daran muss wirklich diese verhexte Stadt schuld sein.

»Oh, das wäre wunderbar! Ich habe noch nie im Leben echte Seekühe gesehen«, schwärme ich.

»Dann wird es aber Zeit!«

»Ja, find ich auch«, sagt André, der plötzlich mit einem Glas Cola in der Hand wieder neben uns steht. »Ich freu mich jedenfalls schon aufs Treppensteigen. In fünf Minuten sind wir wieder beim Eiffelturm, und dann werden wir sehen, wer hier die beste Kondition hat.«

»Ich bring dich nach Hause«, sagt André bestimmt, als wir wieder unten sind.

»Wir können dich alle gern begleiten«, wirft Marie-Claire ein.

»Das ist wirklich nicht nötig. Inzwischen weiß ich, wo ich umsteigen muss«, entgegne ich.

»Ach was. Das ist kein großer Umweg für mich«, beharrt André.

»Musst du aber echt nicht. Der Tag war so toll, und ich will dich nicht aufhalten.«

»Du kannst mich nicht daran hindern, dieselbe Métro zu nehmen wie du!« André setzt eine eingeschnappte Miene auf.

»Also gut. Überredet«, gebe ich mich geschlagen und verabschiede mich mit Wangenküsschen von Marie-Claire und Marc. Sein Duft steigt mir in die Nase, als seine Lippen meine Wangen berühren, und ein angenehmer Schauer läuft mir über den Rücken. »Danke für heute«, sage ich und folge André zur U-Bahn.

Ich weiß nicht genau warum, aber irgendwie kommt unsere Unterhaltung nicht richtig in Schwung. Irgendwann höre ich André auch nur noch mit halbem Ohr zu. Vielleicht, weil ich zu müde bin, vielleicht auch, weil ich mir unsicher bin, ob er es ernst meint mit mir. Ich bin froh, als wir endlich da sind.

»Es war ein schöner Tag mit dir«, haucht André mir beim Abschied ins Ohr.

»Finde ich auch. Es ist wundervoll, wie ihr mich aufnehmt und mir alles zeigt. Danke noch mal!«

»Gern geschehen. Mit dir ist jede Minute ein Vergnügen.« Er küsst mich auf die Wangen und geht zurück zur Métro.

Ich bin erleichtert, als ich wieder allein bin.

19

BASTET BLICKT ZU MIR HOCH und miaut herzzerreißend.

»Komm her, Prinzessin«, sage ich und nehme die Katze auf den Arm.

Schnurrend schmiegt sie sich an mich, und ich kraule ihr den Hals. Es ist so einfach mit Tieren. Ich muss nur auf mein Gefühl hören, und dann weiß ich, was Bastet von mir will. Warum ist bei uns Menschen alles so viel komplizierter? Eigentlich müsste ich glücklich sein, denn ich hatte einen tollen Tag mit der Clique. Stattdessen starre ich Löcher in die Luft.

»Na, Bastet. Kannst du mir vielleicht sagen, was ich will? Heute Morgen dachte ich noch, ich wäre in André verliebt, aber jetzt bin ich mir nicht mehr sicher.«

Bastet beginnt sich das Fell zu lecken. In Gedanken sehe ich Andrés Gesicht vor mir. Sein Lachen, seine eisblauen Augen. Natürlich finde ich es schön, dass er mir Komplimente macht und mir das Gefühl gibt, etwas ganz Besonderes zu sein. Plötzlich schiebt sich Levins Bild davor. Levin war auch immer charmant. Wochenlang hat er mich umschwärmt und meine Knie bei jeder Begegnung in Butter verwandelt.

Er war in den Sommerferien bei seiner Tante in Fucking zu Besuch, weil seine Eltern arbeiten mussten. Erst konnte ich es gar nicht glauben, dass sich ein gut aussehender siebzehnjähriger Junge aus der Stadt für mich interessiert. Doch Levin hat nicht lockergelassen. »Am liebsten würde ich die Schule in Wien schmeißen und bei Thomas im Reitstall anfangen, nur damit ich immer bei dir sein kann. Und das, obwohl du nichts essen möchtest, was ich gekocht habe. Du bist einfach meine Helene. Ohne dich … das halte ich nicht aus!«

Schließlich hab ich ihm geglaubt, wahrscheinlich, weil ich auch endlich einen Freund haben wollte. Damals war ich die Einzige in meinem Freundeskreis gewesen, die noch keinen Jungen geküsst hatte. Im Vergleich zu Lena war ich ein echter Spätzünder. Ich glaube, Levin hat das gespürt. Er hat gemerkt, wie sehr ich mir insgeheim einen Freund gewünscht habe. Als er mich dann das erste Mal geküsst hat, haben sich seine Lippen wie Samt angefühlt. So weich, so warm. Ich war sofort bis über beide Ohren in ihn verliebt.

Die nächsten Wochen bin ich wie auf Wolken durch Fucking geschwebt und hab alle angestrahlt wie ein Glühwürmchen überm Waldsee. Ich dachte, Levin würde es genauso gehen. Wie hätte ich auch ahnen können, dass er keine ernsthaften Gefühle für mich hegt? So, wie er mich umgarnt hat? Ich war so verliebt in ihn, dass ich fast alles für ihn getan hätte.

Doch dann hab ich ein Telefonat zwischen ihm und seinem Wiener Kumpel belauscht. Obwohl Levin noch am Tag zuvor lachend mit dem Traktor übers Feld gefahren war, hat er plötzlich nur gelästert über das Landleben – und am schlimmsten über mich. Er hat geprahlt, dass er die dumme Landpomeranze jetzt endlich rumgekriegt hat und er mich noch vor Ferienende ganz knacken würde. Sein Kumpel könne schon mal die Kohle lockermachen, weil er die unnahbare Helene erobert hätte.

Als ich das gehört habe, ist mir richtig schlecht geworden, und am liebsten hätte ich ihm direkt vor die Füße gekotzt. Aber ich hab mich bloß geräuspert, und Levin ist alle Farbe aus dem Gesicht gewichen. Wie ein Geist sah er aus und hat sofort einen auf lieb gemacht. Dass ich etwas falsch verstanden hätte. Doch ich hab ihm gesagt, dass ich ihn ziemlich gut verstanden hätte und dass es nun mit uns vorbei wäre.

Damit war die Sache gegessen und mein Herz für den Rest des Sommers gebrochen. Nächtelang hab ich geweint. So sehr, dass sich sogar Florian Sorgen gemacht hat. Irgendwann hab ich ihm dann die ganze Geschichte erzählt, und Flo hat ein total peinliches Foto von Levin auf der Fucking-Homepage gepostet: Levin, wie er völlig betrunken aus einer Blumenvase trinkt, in der noch die Blumen stecken. Einen kurzen Moment hab ich Flos Aktion lustig gefunden, aber dann war der Schmerz doch größer als der kleine Funken Schadenfreude. So eine Enttäuschung will ich nie wieder erleben. Lieber bleibe ich für den Rest meines Lebens allein.

Die Erinnerung treibt mir die Tränen in die Augen. Bastet schaut mich irritiert an. »Vielleicht täusche ich mich ja in André«, flüstere ich heiser und kraule Bastet weiter.

Die Mieze schnurrt beruhigend. Seufzend wische ich mir die Tränen aus den Augenwinkeln. Vielleicht meint André es ja tatsächlich ernst. Immerhin hat er mich heute nach Hause gebracht, obwohl das nicht nötig gewesen wäre. Jungs sind echt schwierig. Eigentlich müsste man bei der Geburt eine Gebrauchsanweisung für das andere Geschlecht mitgeliefert bekommen. Woher soll ich denn wissen, ob André wirklich an mir interessiert ist oder nur eine schnelle Eroberung machen will?

Da ist Marc ganz anders. Bei ihm hab ich nicht das Gefühl, dass er mich um jeden Preis beeindrucken will. Er ist zwar eher schüchtern, aber dafür scheint er alles ehrlich zu meinen, was er sagt. André ist ein Selbstdarsteller, was aber nicht heißen muss, dass er es nicht ernst mit mir meint.

Miau, klagt Bastet, die ich durch meine Grübelei schon wieder vernachlässigt habe. Schnell streiche ich ihr über das Fell, und zufrieden schmiegt sie sich wieder an mich. Mein Blick streift den Laptop, und mir kommt eine Idee.

»Weißt du was, Bastet? Ich könnte doch einfach mal Fabienne fragen, was sie denkt. Sie kennt André schon viel länger als ich und kann mir vielleicht weiterhelfen. Das ewige Nachdenken bringt mich jedenfalls nicht weiter, und Fabienne scheint mir eine gute Ratgeberin zu sein. Wer, wenn nicht sie, weiß, wie die Jungs hier ticken?« Ich stehe auf, und Bastet sieht mir verwirrt nach. »Wir schmusen später wieder«, verspreche ich ihr und setz mich an den Schreibtisch.

20

ES IST SAMSTAG. Inzwischen habe ich mich beruhigt. Natürlich darf ich nicht darüber nachdenken, was André momentan tut, aber das schaffe ich irgendwie.

»Sicher kommst du mit! Oma Amalia will dich unbedingt kennenlernen. Außerdem ist Petting total schön. Es liegt direkt am See, und wir können nach dem Mittagessen baden gehen«, sagt Florian und grinst mich breit an.

»Der Waginger See ist der wärmste Badesee Bayerns. Da kann man sogar im Mai schon schwimmen«, fügt Erika hinzu.

»Und Oma Amalia kocht herrlich«, mischt sich nun auch Peter ein.

»Na gut. Überredet. Obwohl es von Fucking nach Petting schon ein Rückschritt ist«, erwidere ich kichernd.

Meine Gasteltern sehen sich einen Moment lang verwirrt an, nur Florian bricht sofort in lautes Gelächter aus.

Dann schmunzelt auch Erika. »Die Jugendlichen von heute, nix als schmutzige Gedanken im Kopf!«

»… sagt die Mutter mit den Fucking-Unterhöschen«, kommentiert Florian trocken.

Jetzt prusten alle endgültig los, und selbst Schweinchen Susi hüpft quietschend auf und ab. Sie freut sich, dass sie mitdarf, wenn auch im Katzenkörbchen.

Kaum haben wir Susi aus ihrer Transportbox befreit, stürmt sie auf einen Apfelbaum im Garten zu und wühlt in der Erde. Ich sehe mich um. Oma Amalia wohnt genau wie meine Gastfamilie in einem Bauernhaus. Allerdings ist ihr Hof winzig klein, und im Stall stehen keine Kühe, sondern drei blitzblank polierte Traktoren.

»Opa Bruno sammelt und restauriert alte Traktoren. Das ist sein Hobby«, erklärt mir Florian, »ich glaub, er verbringt mindestens so viel Zeit mit den Treckern wie ich im Netz. Der blaue dort ist angeblich besonders wertvoll.«

»Aha«, antworte ich. Viel mehr als die alten Gefährte interessiert mich die phantastische Aussicht. Der kleine Hof liegt direkt am See, auf dem einige Enten und Schwäne schwimmen.

»Oma und Opa haben einen eigenen Badesteg, der hinaus auf den See führt. Wenn du willst, kannst du später baden gehen«, sagt Peter und deutet in Richtung Wasser.

»Ich glaube, ich geh nur mal gucken«, sage ich. Obwohl ich vorsorglich einen Bikini in meine Handtasche gepackt habe, möchte ich eigentlich nicht, dass mich meine Gastfamilie beim Schwimmen sieht. Ich bin nicht prüde, doch ich will nicht riskieren, mich morgen halb nackt auf der Fuckinger Homepage wiederzufinden. Florian ist nett – aber er hat auch einen an der Waffel. Dauernd postet und kommentiert er alles im Internet. Das ist sogar mir zu viel des Guten.

»Ihr Lieben! Huhu!« Eine alte Frau, die erstaunlich modern gekleidet ist, kommt aus dem Haus gestürmt.

»Oma Amalia«, sagt Florian.

»Ich hab sie mir ganz anders vorgestellt. In Kleid und Schürze oder so«, flüstere ich.

»Nein, meine Oma trägt nur Jeans oder Petticoats. Meine Großeltern sind im Boogie-Woogie-Verein und die größten Elvis-Fans weit und breit. Oma ist modisch irgendwann in den Jahren der Jeansrevolution hängen geblieben. Aber abgesehen davon ist sie eine ganz typische Omama. Du wirst schon sehen.«

Und wie ich das sehe. Oma Amalia hat weiße Locken, ein rundes Gesicht und eine mit Fingerabdrücken verschmierte Brille auf der Nase. Freudestrahlend drückt sie die ganze Familie zur Begrüßung an ihren Busen und verteilt großzügig feuchte Schmatzer auf die Wangen. Bei mir ist sie glücklicherweise etwas zurückhaltender.

Lächelnd nimmt sie meine Hand und tätschelt sie sanft. »Fabienne. Wie schön, dass du mitgekommen bist. Ich habe extra für dich ein vegetarisches Mittagessen gekocht. Es gibt Kartoffelsuppe mit selbst gebackenem Weißbrot und als Nachtisch warmen Apfelstrudel mit Vanilleeis.«

»Hm. Klingt lecker«, bemerke ich ehrlich erfreut.

Nur Peter macht ein unglückliches Gesicht und seufzt.

»Für Florian und dich hab ich natürlich zwei Schnitzel in die Pfanne geworfen. Nicht sauer sein, Susi. Männer sind nun mal Fleischtiger«, erklärt Oma Amalia und streichelt das kleine Schweinchen, das einen ganz erdigen Rüssel hat. »Für dich hab ich auch einen Kübel Reste zur

Seite gestellt. Aber so schmutzig, wie du bist, isst du besser im Garten.«

Wir folgen Oma Amalia in das alte Bauernhaus. Ein köstlicher Duft zieht durch den Flur, und mir läuft das Wasser im Mund zusammen. In der Stube treffen wir auf Opa Bruno, der die Servietten faltet.

»Gerade rechtzeitig fertig geworden«, begrüßt er uns strahlend.

Helenes Opa ist mir auf Anhieb sympathisch. Er trägt auch Jeans, eine, die über den Bauch geht, und darüber ein gestreiftes Hemd. Sein Gesicht ist von Falten durchzogen, freundlichen Falten, die vom Lachen kommen. Mit seiner spiegelblanken Glatze und dem weißen Haarkranz sieht er genauso aus, wie ich mir Helenes Opa vorgestellt habe.

»Du bist also Fabienne. Schön, dich kennenzulernen. Ich hoffe, es gefällt dir bei uns«, sagt er und schüttelt mir die Hand.

»Bisher schon. Es ist natürlich ganz anders als in Paris, aber die Menschen hier sind sehr nett.«

»Und das Essen ist gut. Zumindest das von Amalia und Erika«, sagt er und grinst.

»Stimmt. Wenn ich noch länger bleiben würde, müsste ich mir sicher bald eine neue Garderobe zulegen.«

Das ist noch nicht mal gelogen. Die Kartoffelsuppe schmeckt so lecker, dass ich mir noch einen großen Nachschlag geben lasse. Das selbst gebackene Brot ist sogar noch warm. Als Oma Amalia den Nachtisch hereinbringt, platze ich schon fast. Doch der Apfelstrudel mit Vanilleeis duftet so gut, dass ich ihn einfach probieren muss.

»Wie wird denn ein Strudel gemacht?«, frage ich Oma Amalia.

»Ach Kindchen. Strudel machen ist eine Kunst. Die ersten Teige musste ich alle wegschmeißen. Der Teig muss nämlich sehr geschmeidig sein. Man muss ihn ganz dünn ausziehen können, bis er durchsichtig wie Glas ist. Wenn du willst, kann ich es dir gern mal zeigen.«

»Oje, das klingt kompliziert. Ich glaub nicht, dass ich es so schnell lerne.«

»Außerdem wäre es eine Schande, bei dem herrlichen Mai-Wetter den ganzen Tag in der Küche zu hocken und zu backen. Traktorfahren lernt man auf jeden Fall schneller als Strudelbacken. Was ist, Kinder? Kann ich euch zu einer Rundfahrt überreden?« Bruno lächelt mich warm an.

»Ich bin dabei«, sagt Florian.

»Ich auch. Traktor bin ich noch nie gefahren.«

»Dann wird es aber Zeit. Direkt neben unserer Wiese gibt es einen Privatweg, wo ihr Kinder mal ans Steuer dürft.«

»Ehrlich?«, frage ich verblüfft. »Ich dachte, Ihre Traktoren seien besonders wertvoll?«

»Und genau deshalb müssen sie gefahren werden. Alte Modelle halten wesentlich mehr aus. Und nur wenn sie benutzt werden, verrosten sie nicht. Auch für unsere Trecker gilt: Wer rastet, der rostet. Also los!«, ruft Opa Bruno und klopft sich auf die Oberschenkel.

»Bis später, Liebling«, sagt Oma Amalia lächelnd.

Bruno beugt sich vor und küsst seine Frau sanft auf die Wange. Mir wird warm ums Herz. Liebe kann so schön sein, und wie man hier sieht, auch lange anhalten. Meine

Eltern gehen nur selten so liebevoll miteinander um wie Bruno und Amalia oder Peter und Erika. Dafür sind sie viel zu gestresst. Ich seufze leise.

»Alles in Ordnung?«, erkundigt sich Bruno. »Du willst doch mitkommen, oder hast du Angst vorm Traktorfahren?«

»Nein, ich will mit. Hab nur gerade an etwas anderes gedacht«, antworte ich schnell.

Bruno sieht mich einen Moment zweifelnd an, dann nickt er wissend. »Ja, ja. Du hast wohl eher an jemand anderen gedacht.«

Draußen vor der Haustür liegt Susi satt und zufrieden in der Sonne und macht ein Mittagsschläfchen. Opa Bruno fährt den blauen Traktor aus dem Stall. Florian und ich klettern zu ihm auf die Fahrerbank.

Traktorfahren ist laut, holprig und lustig. Wir fahren ein Stück am See entlang. Dann biegen wir auf einen Feldweg ab, und ich muss mich festhalten, um nicht vom Sitz zu purzeln.

»Das ist ein ganz neues Fahrgefühl, was?«, ruft Bruno über den Lärm hinweg.

»Klasse. Fast wie Achterbahn fahren«, schreie ich zurück.

»So, jetzt bist du an der Reihe, Florian. Gib aber nicht zu viel Gas. Und erklär Fabienne gleich mal die wichtigsten Schritte.«

Florian strahlt bis über beide Ohren. Kaum zu glauben, aber Opa Bruno hat es geschafft, dass mein Gastbruder mal offline ist. Ich rücke dichter an ihn ran und lasse mir erklären, wie der Traktor funktioniert. Gas, Kupplung, Bremse, gar nicht so anders als bei unserem Auto.

»Wichtig ist, dass du die Kupplung ganz durchdrückst. Sonst bekommst du den Gang nicht rein. Ältere Modelle haken schon mal ein wenig«, sagt Florian.

Er dreht eine Runde auf der Wiese. Dann bin ich dran.

»Keine Sorge. Der Motor lässt sich nicht so leicht abwürgen. Das ist ein Traktor, und der läuft mit Diesel. Traktorfahren ist wirklich leicht. Auf den Privatwegen fahren bei uns schon Kinder Trecker.«

»Aha. Also kann Helene auch Traktorfahren?«

»Sicher. Und jetzt gib Gas«, fordert Florian mich auf.

Ich blicke mich nach Opa Bruno um. Er nickt mir aufmunternd zu. Mit zitternden Händen lege ich den Gang ein. Langsam geh ich von der Kupplung und gebe Gas. Der Traktor bewegt sich.

»Ich fahre! Schaut doch, ich fahre!«

»Lenken nicht vergessen!«, erinnert mich Opa Bruno.

Schnell steuere ich den Traktor zurück auf den Weg. Ich war schon im Gras gelandet, aber mit einem Traktor ist das kein Problem. Sein Einsatzgebiet sind Wiesen und Felder.

»Toll!«, rufe ich lachend.

»Dann schalt mal einen Gang höher, Mädchen«, meint Bruno.

Das lasse ich mir nicht zweimal sagen. Ich wusste gar nicht, dass ich so mutig bin und Traktorfahren so viel Spaß bringt!

»Unsere Fabienne ist ein Naturtalent. Kaum zu glauben, dass sie aus Paris kommt und noch nie einen Traktor gefahren hat«, lobt mich Bruno, als wir wieder auf dem Hof angekommen sind. »Schade, dass du nicht länger bei uns bleibst. Im Juni findet unser Traktorrennen um den See statt. Da würde ich dich gleich anmelden.«

»Wäre ich dafür nicht zu jung?«

»Nein, nein. Den Traktorschein kann man schon mit sechzehn machen, und in Ausnahmefällen sogar mit vierzehn.«

Ich schüttle den Kopf. »Nein, ehrlich. Es hat total Spaß gemacht, aber bei einem Rennen würde ich sowieso nie mitfahren. Da hätte ich zu viel Angst.«

»Auf jeden Fall darfst du, wann immer du bei uns im Land bist, eine Runde mit mir drehen«, bietet Opa Bruno an.

»Danke, das ist sehr nett von Ihnen.«

Nachdem wir den Traktor zurück in den Stall gebracht haben, setzen wir uns zu Erika und Amalia auf die Terrasse. Ich genieße den tollen Ausblick auf den See und die warme Sonne auf der Haut. Die Erwachsenen reden übers Maifest und wie viel Bier wohl gebraucht wird. Florian verwandelt sich wieder zurück in den Nerd und wischt auf seinem Handy herum. Ich lasse meins absichtlich in der Tasche. Der Tag war bislang ziemlich gut, und ich will ihn mir nicht durch André, Helene oder beide zusammen vermiesen lassen.

»Darf ich mit ein paar Brotresten die Schwäne füttern gehen?«, frage ich, als mir das Kaffeetrinken zu langweilig wird.

Oma Amalia steht auf und holt aus der Küche eine Tüte mit Brot. »Eigentlich soll man die Wildvögel nicht füttern. Aber heute machen wir mal eine Ausnahme. Außerdem kann Susi ja nicht alles alleine fressen.«

»Stimmt. Nicht dass sie ein fettes Schwein wird«, meint Florian, der kurz von seinem Smartphone aufblickt.

Ich gehe zum Steg hinunter. Die Enten und Schwäne kommen sofort herbeigeschwommen. Ich lasse mir Zeit beim Füttern. Die Sonne scheint herrlich warm vom Himmel. Anmutig fischen die Schwäne die Brotstücke aus dem Wasser.

Ein richtig romantischer Augenblick. Fehlt eigentlich nur André. Womit ich wieder bei dem Thema angelangt bin, das ich bisher so erfolgreich verdrängt habe. »Liebe ist eine Krankheit. Und ich bin ein unheilbarer Fall«, sage ich leise.

»Fabienne! In fünf Minuten fahren wir! Wir müssen heute noch mit den Vorbereitungen fürs Maifest beginnen«, ruft mir Erika vom Ufer entgegen.

21

DAHEIM ANGEKOMMEN, machen sich meine Gasteltern gleich daran, Bierfässer zu zählen und irgendwelche Fahnen vom Dachboden herunterzuholen. Florian klärt mich auf, dass es hier Tradition ist, den Frühling zu feiern. Zu diesem Anlass wird der ganze Ort in Tracht aufmarschieren, es wird Musik gespielt und getanzt werden. Ich nicke, aber in Gedanken bin ich woanders. Schließlich halte ich es nicht länger aus. Ich entschuldige mich und gehe in mein Zimmer. Dort setze ich mich an den Laptop und schaue, wer im Chat ist. Natürlich ist André nicht on, dafür aber Helene.

Fabienne? Bist du on? Unsere Sightseeingtour heute war super! Nur leider bin ich total durch den Wind. Hast du schon die Fotos auf FB gesehen? Ich weiß echt nicht, wie ich mich jetzt verhalten soll ...

Ja, ich bin gerade on gegangen. War heute bei deiner Oma und deinem Opa. Essen und Traktorfahren. War sehr nett. Warte, ich guck gleich wegen der Fotos. Und dann erzählst du mir in Ruhe, warum du so durch den Wind bist.

Du bist ein Schatz, Fabienne. Ich bin so froh, dass du on bist. Ehrlich. Die Sache ist ... André war heute wieder so nett zu mir. Wenn ich mit ihm zusammen bin, hab ich immer das Gefühl, na ja ... etwas Besonderes zu sein. Ich glaub, er mag mich wirklich. Auf jeden Fall war der Tag heute echt schön.

Ich schlucke und klicke auf Helenes FB-Seite. Da sind etliche Fotos. Vom Louvre, der Seine, Notre-Dame vom Boot aus, der Clique und dem Eiffelturm. Auf einem Bild steht Helene zwischen Marc und André. André hat seinen Arm um Helenes Taille gelegt und lächelt sie ganz verliebt an. Der Schuft! Kein Wunder, dass sie total durch den Wind ist, wenn er sie die ganze Zeit umgarnt. Aber warum lässt sie das überhaupt zu? Wenn es ihr unangenehm wäre, dann würde sie doch die Finger von ihm lassen. Aber nein, sie himmelt André an und bittet mich auch noch um Hilfe! Sie ist doch nur noch ein paar Tage in Paris. Sucht sie etwa ein Abenteuer? Pah, Freundin! Ich gucke zurück auf das Chatfenster. Helene schwärmt, wie phänomenal der Tag war. Ob er ohne André genauso schön gewesen wäre? Ich balle die Hände zu Fäusten und beiße die Zähne aufeinander.

Marc hat echt Ahnung von Kunst, glaube ich. Und bei der Bootsfahrt habe ich dann festgestellt, dass Marc und ich denselben Berufswunsch haben. Lustig,

was? Auf jeden Fall hatte ich das Gefühl, dass André richtig eifersüchtig war, weil ich mich eine Weile nicht ausschließlich mit ihm unterhalten habe. *gg* Ich finde deine Freunde echt cool und Paris auch. Eure Stadt hat so viel zu bieten. Der Blick vom Eiffelturm war echt der Hammer. Weißt du was? Ich würde mich gern bei deinen Freunden dafür revanchieren, dass sie dieses ganze Touri-Programm für mich veranstaltet haben. Hast du vielleicht eine Idee, was ich mit ihnen machen könnte?

Eine Idee??? Merkt Helene denn gar nichts? Sie zieht mit meinen Freunden durch die Stadt, flirtet mit meinem André und … Merde! Die beiden werden bestimmt ein Paar. Und ich hocke hier in der Pampa und sehe vor lauter Tränen den Bildschirm nicht mehr. Ich will zurück nach Hause! Auf der Stelle! André, wieso tust du mir das an? Ich liebe dich doch! Das musst du doch wissen! Verdammt! Was mach ich nur?

Hey, Fabienne, bist du noch da? Hast du einen Tipp für mich? Ich würde André und die anderen gern überraschen.

André steht total auf Burger, also eigentlich auf alles, was mit Amerika zu tun hat. Lade ihn zum Bowlen ein und am besten danach noch ins Hard Rock Cafe. Das gefällt ihm bestimmt.

Toll! Oh danke, Fabienne. Marie-Claire und Marc

essen aber auch gern Burger, oder? Ich würde die beiden nämlich auch gern einladen.

Sicher. Wer liebt Bowlen und Burger nicht, hm?

Ich weiß, wer nicht. André. Er hat mal gesagt, er würde lieber Sägespäne essen als einen Burger.

Danke. Du bist die beste Austauschpartnerin der Welt! Wenn ich etwas für dich tun kann, sag Bescheid. Bussi ♥♥♥

Mon Dieu! Was hab ich getan? Ich starre ungläubig auf den Bildschirm. Helene wird sich blamieren. Dieser Abend wird bestimmt schrecklich für sie. Entsetzt über mich selbst schüttle ich den Kopf. Da geht die angelehnte Zimmertür auf, und Susi trottet herein. Ganz selbstverständlich kuschelt sie sich an meine Füße. Ich bücke mich und streichle das erste Mal das kleine Ferkel.

»Ach, Susi! Ich habe den schlimmsten Fehler meines Lebens gemacht. Dein Frauchen vertraut mir, und ich verhalte mich wie ein Miststück. Dabei bin ich normalerweise nicht so. Glaubst du mir?«

Susi hebt den Kopf und grunzt. Mit ihren kleinen Schweinsaugen guckt sie mich verständnisvoll an.

»Ich kann jetzt nicht mehr zurück«, flüstere ich traurig.

22

MARIE-CLAIRE IST SOFORT BEGEISTERT von der Idee, erst Bowlen und dann ins Hard Rock Cafe zu gehen. Die beiden Jungs reagieren eher etwas zögerlich. Vielleicht, weil ich einmal erwähnt habe, dass ich nicht besonders viel Taschengeld bekomme. Doch ich erkläre ihnen, dass ich einfach darauf bestehe, sie einzuladen. Nach allem, was sie für mich getan haben, ist das das Mindeste. Schließlich geben sich André und Marc geschlagen.

»Natürlich gehen wir bowlen, wenn du das gerne möchtest«, sagt Marc und wirft André einen kurzen Blick zu, den ich nicht deuten kann.

Im Internet habe ich sogar ein Bowlingcenter gefunden, das ganz in der Nähe des Hard Rock Cafes ist. Langsam werde ich großstadttauglich. Wenn ich wieder zurück in Fucking bin, dann mache ich in Zukunft auch Salzburg unsicher. Lena wird sich freuen, dass ihre sonst so schüchterne und unsichere Freundin endlich aus der Reserve kommt.

Wie verabredet, warten die drei vor der Tür des Bowlingcenters.

»Hallo, schön, dass ihr alle da seid«, begrüße ich sie freudig. Wangenküsschen werden ausgetauscht. Andrés Duft steigt mir in die Nase, und ich werde rot. Zum Glück habe ich etwas Make-up aufgetragen.

Wir betreten das Bowlingcenter, und ich hab sofort das Gefühl, in einem alten amerikanischen Film gelandet zu sein. Es gibt kleine Sitzecken mit roten Lederbänken, eine Jukebox an der Wand, und Elvis singt seinen Jailhouse Rock.

»Cooler Laden!«, sagt Marc leise.

»Ja, so etwas hab ich noch nie gesehen«, stimme ich ihm zu.

André zuckt mit den Schultern. »Ja. Ganz okay. Du hast eine gute Wahl getroffen.«

»Google sei Dank«, sage ich, und alle lachen.

Ein Mitarbeiter des Centers heißt uns willkommen und händigt uns rot-weiße Bowlingschuhe aus. Dann zeigt er uns die Bahn und nimmt unsere Getränkebestellung entgegen.

Nachdem er uns die Limos gebracht hat, geht's an die Mannschaftseinteilung.

»Helene und ich sind ein Team. Gemeinsam werden wir euch plattwalzen«, verkündet André.

»Na, hoffentlich enttäusche ich dich nicht«, sage ich schüchtern.

»Ich kann mir nicht vorstellen, dass du mich jemals enttäuschen könntest.«

Ich schlucke. Ist das wieder nur so ein Spruch, oder meint André es ernst? Lässig streicht er sich die schwarzen Haare aus dem Gesicht. Wie seine Augen leuchten, und dazu dieses charmante Lächeln. Bin ich etwa tatsächlich verliebt? Nein, dafür kenne ich ihn doch viel zu wenig. Außerdem sollte ich mir nicht zu viel auf seine Worte einbilden, denn André flirtet mit jedem Mädchen. Ich sollte besser vorsichtig sein, damit ich nicht wieder so eine Enttäuschung wie mit Levin erlebe.

»Ich schlage vor, wir spielen erst einmal eine Runde, und dann tauschen wir die Partner. Ich will auch mal gewinnen«, sagt Marc und kassiert einen freundschaftlichen Boxer von Marie-Claire.

»Willst du etwa behaupten, ich könnte nicht ein paar läppische Pins umwerfen?«, fragt sie empört.

»Na ja, ich dachte da nur an unser letztes Fußballspiel, bei dem du über den Ball gestolpert und platt wie ein Rochen auf dem Bauch gelandet bist«, mischt sich jetzt André ein und rudert grinsend mit den Armen in der Luft.

»Das war Fabiennes Schuld. Sie hat den Pass versaut.« Marie-Claire zieht eine Schnute, dass Daisy Duck eifersüchtig werden könnte.

»Nicht sauer sein, Süße«, sagt André und wirft ihr einen Kuss zu.

»Charmeur«, meint Marie-Claire.

I'm the great pretender, schmettert der King aus den Lautsprecherboxen.

»Oder bist du eher ein great pretender?«, fragt Marc unschuldig, und wir Mädels lachen lauthals.

Wir beschließen, erst mal drei Spieldurchgänge zu machen. Die erste Runde gewinnen André und ich ganz knapp. Partnertausch.

»Sind eigentlich alle Mädchen bei euch so fucking hübsch?«, flüstert mir André ins Ohr.

So ein gemeiner Kerl! Den Wurf hab ich ordentlich verhauen. Ich funkle ihn böse an. Er grinst über beide Ohren, und schon bekomme ich wieder weiche Knie. Ich bin mir sicher, dass André weiß, wie er auf Mädchen wirkt – und er spielt diesen Vorteil gnadenlos aus. Ohne auch nur den winzigsten Anflug von Schuldbewusstsein wendet er sich Marie-Claire zu und feuert sie an. Da liegen die beiden auch schon eine Nasenlänge vorn.

»André ist ein Meister der Ablenkungsmanöver, also mach dir nichts draus«, tröstet mich Marc.

Ich sehe ihn zweifelnd an. Schüchtern lächelt er mir zu und wird ganz rot dabei. Irgendwie süß. Sollte es noch jemanden mit dem Rotköpfchen-Gen geben?

»Wir Tierretter müssen einfach gewinnen«, sagt er und wendet schnell den Blick ab.

»Genau, Marc, beim nächsten Wurf holen wir den Rückstand auf«, sage ich selbstbewusst.

»André, gib alles!«, feuert Marie-Claire ihn an.

André zwinkert siegessicher und vergeigt den Wurf.

Marc und ich schlagen ein.

»Ja, ja. Freut euch nur. Das ist nur passiert, weil ihr zwei mich nervös macht!«, behauptet André und deutet auf Marie-Claire und mich.

»Als ob dich Mädchen nervös machen könnten«, antwortet Marie-Claire locker und stemmt die Hände in die Hüften.

Am Ende gewinnen André und Marie-Claire dann doch um einen Punkt.

»So, jetzt aber, Jungs gegen Mädchen! Wir Mädels werden euch zum Heulen bringen!«, rufe ich.

Marie-Claire lacht. »Genau, wir werden haushoch gewinnen!« Tatsächlich ist meine Spielpartnerin erstaunlich gut und schafft mehrere Strikes. Am Ende haben wir die Jungs um Längen geschlagen.

»Girlpower!«, jubeln wir.

»Glück gehabt«, behaupten die Jungs.

»Können!«, kontern wir und klatschen uns ab. Ausgelassen tanzen wir ein paar Schritte zum schnellen Rock 'n' Roll des King, und ich amüsiere mich königlich. Ich bin Fabienne echt dankbar für ihren tollen Tipp – sonst säße ich jetzt wahrscheinlich allein zu Hause mit Bastet vorm PC.

André legt den Arm um seinen Kumpel Marc. »Was meinst du? Die beiden spielen mit unfairen Mitteln. Wie sollen wir uns konzentrieren, wenn die zwei so verführerisch tanzen?«

»Das ist eine ganz schlechte Ausrede«, erwidert Marie-Claire. »Verloren hattet ihr nämlich schon vorher.«

»Hast du am Wochenende eigentlich schon etwas vor?«, fragt Marc plötzlich. »Wegen dem Zoo, meine ich. Mein Kumpel Claude hat Wochenendschicht. Also wenn du Lust hast, mein Angebot steht noch.«

»Au ja, da würde ich gern mitkommen!«, rufe ich begeistert.

»Worum geht's?«, fragt André neugierig.

»Veterinärtermine«, erwidert Marc grinsend.

23

»WILLKOMMEN IN DER BURGERHÖLLE«, bemerkt André und verzieht das Gesicht.

Wir haben das Hard Rock Cafe erreicht, und Marc hält uns die Tür auf. Andrés Spruch soll wohl ein Scherz sein, aber ganz sicher bin ich mir nicht. Mir gefällt das Lokal gut. Es passt zum heutigen Abend: erst Bowlen mit Elvis, dann Burgeressen mit den Rockstars der letzten Jahrzehnte. Die Wände sind mit Musikinstrumenten und Autogrammen geschmückt. Ich will mir auf jeden Fall ein T-Shirt kaufen, und Florian bringe ich auch eins mit.

»Setzen wir uns an den Tisch dort in der Ecke? Von da aus können wir fast das ganze Lokal überblicken«, sage ich, und die anderen folgen mir nach hinten.

»Ist cool hier«, meint Marie-Claire und angelt sich eine Karte.

»Wer will sich mit mir die große Hard-Rock-Platte teilen?«, frage ich in die Runde. »Da sind Burger, Chickenwings, Maiskolben, Ofenkartoffeln und Salat dabei.«

»Für eine Million Euro nicht«, antwortet André. Er sieht richtig angeekelt aus.

Seine Reaktion erschreckt mich ein bisschen. So patzig kenne ich ihn gar nicht.

»Sorry. Ich nehme ein Steak«, sagt Marc schulterzuckend.

»Ich teile aber wirklich gerne«, wiederhole ich noch mal. Der Kellner kommt und fragt nach unseren Wünschen. Marie-Claire, Marc und ich geben unsere Bestellung auf, nur André sitzt mit verschränkten Armen am Tisch und presst die Lippen aufeinander. Mir wird ganz mulmig zumute, wenn ich ihn ansehe. Irgendetwas läuft gerade richtig verkehrt. Ob ich ihn verärgert habe? Manchmal sage oder tue ich Dinge, ohne zu merken, dass ich damit jemanden beleidige.

»Was ist denn los? Hab ich was falsch gemacht?«, traue ich mich schließlich zu fragen.

»Ach nichts. Du hast gar nichts verkehrt gemacht, ehrlich. Ich steh nur nicht auf dieses amerikanische Zeug. Bowlen okay, wenn es sein muss, dann mach ich da mit. Aber Burger essen – nein, danke. Ich nehm einfach eine Cola und klaue mir vielleicht ein paar Fritten von euren Tellern«, erwidert André cool und öffnet die verschränkten Arme.

Sein Lächeln wirkt echt, aber mir wird heiß und kalt zugleich. Nicht, weil er mich nervös macht, sondern weil wir nur wegen ihm hier sind. Hab ich Fabienne etwa falsch verstanden? Habe ich ein NICHT überlesen? So nach dem Motto, alle stehen auf Bowlen und das Hard Rock Cafe außer André. Was für ein Reinfall!

Ich schlucke schwer. »Es tut mir leid, dass du keine Burger magst«, flüstere ich.

»Wieso? Das konntest du doch nicht wissen. Schließlich

mögen fast alle Burger und Chickenwings. Ich bin da wohl die einzige Ausnahme«, sagt André und ist schon wieder ganz der Alte. »Das liegt vielleicht daran, dass ich mal eine sehr unangenehme Erfahrung gemacht habe.«

»Oje, jetzt kommt gleich die eklige McDonald's-Geschichte!« Marie-Claire stöhnt und verdreht die Augen.

»Nur die tischverträgliche Kurzvariante«, beruhigt sie André. »Um es in einem Satz zu sagen: Als Siebenjähriger hab ich mich bei McDonald's so schrecklich übergessen, dass ich mich auf der ganzen Heimfahrt übergeben musste, und das ausgerechnet an meinem …«

»… Geburtstag«, beendet Marc grinsend den Satz. »Und dann durften alle Kinder leckeren Kuchen essen, nur der arme André nicht. Seitdem ist er Burganer, oder besser gesagt, Fast-Foodarier. Armer Kerl! Er weiß gar nicht, was ihm entgeht.«

André zuckt gleichgültig mit den Schultern. »Na ja, du konntest das ja nicht wissen, Helene. Ich verzichte einfach auf das Essen und trink nur was!«

Die Stimmung am Tisch ist wieder gut, doch meine Laune ist im Keller – denn ich hätte es wissen müssen! Schließlich habe ich extra Fabienne gefragt. Als Freundin von Marc und André müsste sie doch die McDonald's-Geschichte kennen, oder? So ein Mist! Hat sie mir etwa absichtlich einen falschen Tipp gegeben? Aber warum sollte sie das tun?

Der Kellner bringt unser Essen an den Tisch, und wir greifen gierig zu, sogar André angelt sich hin und wieder ein paar Pommes. Doch mir bleiben die Chickenwings im

Hals stecken. Meine Gedanken schwirren durcheinander wie ein ganzer Schwarm Stechmücken im August.

Ich entschuldige mich und flüchte mit meinem Smartphone auf die Toilette. Hastig überfliege ich meinen letzten Chat mit Fabienne. Nein, ich habe nichts überlesen oder falsch verstanden. Fabienne hat mir tatsächlich das Hard Rock Cafe vorgeschlagen. Aber warum? Ich dachte, sie wäre meine Freundin. Ich dachte, ich könnte ihr vertrauen. Am liebsten würde ich auf der Stelle losheulen. Doch ich muss mich zusammenreißen. Im Restaurant sitzen meine neuen Freunde und haben keine Ahnung, was mit mir los ist. Schnell wische ich mir die Augen trocken und wasche mein Gesicht. Ich muss wenigstens so tun, als wäre alles in Ordnung, sonst verderbe ich den anderen noch den Abend.

Marc kommt mir entgegen und hält mich sanft auf. »Hallo, Helene. Alles okay bei dir? Du warst auf einmal so still. Da dachte ich mir, ich frag mal unter vier Augen. Geht es dir nicht gut?«

»Ähm, na ja …«, stammele ich.

Marc lächelt mich an, und da bricht die ganze Geschichte aus mir heraus. »Es ist wegen dem Hard Rock Cafe. Fabienne hat mir den Tipp gegeben, dass ihr alle auf Bowling, Burger und dieses Lokal stehen würdet.« Ich hole tief Luft. »Und jetzt stellt sich heraus, dass André es überhaupt nicht mag. Nein, dass er Burger sogar hasst! Was ich gut verstehen kann, denn ich würde auch keine Burger mehr anrühren, wenn sie mir meinen Geburtstag verdorben hätten. Es ist nur … ich komme mir so unendlich dämlich vor!«

»Ach was. Mach dir keine Sorgen. André verhungert

nicht, nur weil er sich heute Abend mal nicht pappsatt essen kann, und Marie-Claire und ich finden es doch toll. Dass André nach all den Jahren noch immer einen kleinen Vogel hat, was American Food betrifft, ist nun wirklich nicht deine Schuld.«

»Aber warum hat mir Fabienne diesen Tipp gegeben? Sie müsste doch wissen, dass André keine Burger mag und Bowlen auch nicht so klasse findet. Ihr wisst das doch auch, oder? Die Geburtstagsstory scheint ja allgemein bekannt zu sein.«

»Klar. Hm. Schwierige Frage. Eigentlich ist Fabienne gar nicht der Typ dafür, dass sie dumme Scherze mit anderen treibt. Das macht eher André. Entweder sie hat es doch nicht gewusst, oder sie hat in dem Moment nicht dran gedacht – oder sie ist eifersüchtig auf dich.«

»Auf mich? Um Himmels willen. Weshalb das denn?«

Marcs Gesicht verzieht sich zu einem Grinsen. »Na, weil du total hübsch bist und nett und überhaupt …« Schnell blickt er zu Boden, aber er kann es nicht aufhalten. Schon wieder kriecht ihm diese gemeine Röte, die ich so gut kenne, den Hals hoch. »Ich glaube, sie ist verknallt in André. So wie fast alle Mädchen«, flüstert er.

Ungläubig schaue ich ihn an. Daran hatte ich gar nicht gedacht. »Das könnte natürlich sein«, überlege ich laut. »Aber warum hat sie denn nie etwas gesagt? Sie hätte mir doch erzählen können, dass sie in André verliebt ist.«

»Vielleicht ist es ihr peinlich?«

Ich nicke nachdenklich. Das könnte ich verstehen. Immerhin ist André der Schwarm aller Mädchen. Mir war es damals auch peinlich zuzugeben, dass ich in Levin verliebt bin. Und nachdem ich auch noch herausgefunden hatte, dass er es nicht ernst mit mir meint, hätte ich mich am liebsten unter der Bettdecke verkrochen. Dennoch war es gemein von Fabienne, mich mit André ins Hard Rock Cafe zu schicken. Offenbar hatte sie gehofft, dass er mich nach der Aktion keines Blickes mehr würdigt. Ich atme tief durch und lasse die Schultern sinken.

»Komm, gehen wir lieber zurück, bevor die anderen sich wundern. Ich reiß mich zusammen und bin wieder besser drauf, versprochen. Danke fürs Zuhören«, sage ich und lege Marc eine Hand auf den Arm.

Er lächelt mich an, und seine Augen leuchten warm. Marc hat sich wirklich Sorgen um mich gemacht. Ich bin froh, ihn ihm einen echt guten Freund gefunden zu haben.

24

Hallo, Helene, bist du da? Ich muss dringend mit dir reden … Hallo??? Bitte, wenn du on bist, dann schreib mir, okay?

Nichts. Keine Antwort. Ob meine Lüge aufgeflogen ist? Ob Helene jetzt nichts mehr von mir wissen will? Merde. Was mache ich jetzt nur? Seit dem Wochenende herrscht Funkstille bei uns. Liegt es vielleicht daran, dass Helene inzwischen mit André zusammen ist und keine Zeit mehr zum Chatten hat? Hat er vielleicht sogar sein Burgertrauma überwunden und aus Liebe zu Helene den Doppelwhopper mit extra viel Käse bestellt?

Ich bekomme Bauchweh, wenn ich nur daran denke. Mein dummes verliebtes Herz hat mich in ein eifersüchtiges Biest verwandelt. Dabei habe ich immer gelacht, wenn meine Freundinnen von ihren Intrigen und Spionage-Aktionen erzählt haben. Und jetzt sitze ich selbst wie ein liebeskranker Dackel vorm Computer und hoffe, irgendeinen Hinweis auf Andrés Beziehungsstatus bei Facebook zu entdecken. Ich habe, mon Dieu, wie peinlich, André sogar eine mitleiderregende WhatsApp-Nachricht geschickt. Was soll ich sagen? Er hat mir nicht geantwortet.

»He, Fabienne, kannst du uns bitte mit dem Festzelt helfen?«

Florian steckt seinen Kopf zur Tür herein. Offenbar hab ich vor lauter Grübeln ganz die Zeit vergessen.

»Was soll ich tun? Das Zelt aufbauen?«, frage ich wenig begeistert.

»Nein, es steht natürlich schon. Das haben wir Jungs gemacht. Aber die Mädchen sind jetzt mit Schmücken dran. Girlanden aufhängen, Blumen hinstellen und so Zeug. Es wäre prima, wenn du mithilfst.« Florian lächelt mich an.

»Noch fünf Minuten. Dann bin ich da, okay?«

»Prima. Je mehr Hände mithelfen, desto schneller geht es.«

Ein letztes Mal checke ich alle Seiten und Chats. Seit drei Tagen ist nichts mehr passiert auf FB. Helene schweigt. André schweigt. Mein schlechtes Gewissen und meine Angst, André endgültig verloren zu haben, fressen sich unaufhaltsam durch meine Eingeweide, wie rotierende Rasenmähermesser. Helene, bitte melde dich! Ich brauche Gewissheit! Und ich brauche deine Hilfe wegen diesem dummen Fest.

Alle sind im Maifieber, und niemand hat Zeit für mich. Ich habe keine Ahnung, was ich morgen anziehen soll. Dieser dumme Feiertag! Mir ist überhaupt nicht nach Feiern zumute. Ich möchte nur noch heulen.

Mitten auf der Dorfwiese steht ein riesiges Festzelt. Erika, Peter und Florian stellen gerade die Biertische auf.

»Hallo, Fabienne. Magst du gleich mal unsere Fuckinger Tischdecken auflegen?«, fragt mich Erika und deutet auf einen großen Korb neben ihr.

»Ich helfe gern mit.« Plötzlich steht Thomas neben uns und zwinkert mir fröhlich zu.

Gemeinsam schmücken wir die Tische.

»Freust du dich schon auf morgen?«, fragt Thomas. »Du hast ja echt Glück, beim größten Fest weit und breit dabei zu sein.« Mit geschickten Handgriffen breitet er ein riesiges Tischtuch aus.

»Ja, doch«, erwidere ich und gebe mir Mühe, fröhlich zu klingen. »Ich weiß nur nicht, was ich anziehen soll. Auf ein Dorffest bin ich, ehrlich gesagt, nicht vorbereitet.«

Thomas mustert mich kritisch von oben bis unten. »Dir müsste doch bestimmt eins von Helenes Dirndln passen. Schau doch mal in ihren Schrank, da findest du sicher was Schönes. Oder du kommst so, wie du bist. Das ist auch okay, irgendwie …«

»Das klingt nicht überzeugt«, entgegne ich.

Thomas zuckt mit den Schultern und grinst entschuldigend.

»Ich werde Helene fragen, ob sie mir ein Kleid leiht«, erkläre ich.

»Das macht sie sicher. Und ich wette, du siehst genial aus im Dirndl.«

»He, Thomas. Hilf uns mal mit dem Tresenaufbau und überlass das Serviettenfalten den Mädels, bevor du die Deko noch ganz ruinierst«, ruft einer der Jungs hinten im Zelt.

»So blöd stell ich mich beim Dekorieren aber nicht an, oder?«, fragt mich Thomas.

»Das machst du ganz okay, irgendwie …«, kontere ich lächelnd.

Lachend geht er zurück zu den anderen. Ich decke gemeinsam mit Erika die restlichen Tische, während hinten der Tresen aufgebaut und zig Fässer Fucking Bier herbeigeschleppt werden.

»Glaubst du, dass mir Helene eins ihrer Trachtenkleider borgen würde? Ich will sie später noch selbst fragen, aber wenn ich sie im Chat nicht erreiche …«, frage ich Erika in einem passenden Moment.

»Aber natürlich. In ihrem Schrank hängen einige wirklich schöne Dirndl. Nimm dir einfach eins. Ich wasche es danach«, bietet meine Gastmutter an.

Ich nicke dankbar. Es erleichtert mich, dass ich zumindest das Kleiderproblem gelöst habe. Später werde ich noch mal versuchen, Helene anzuchatten. Schließlich möchte ich auch wissen, was nun mit ihr und André ist.

Peter kommt zu uns und klatscht in die Hände. »So, Mädels, ich glaub, ihr seid auch fertig. Ich werde heute noch etwas Bier brauen. Meine ganzen Vorräte, abgesehen von einem kleinen Fass, sind im Zelt. Und wenn ich nicht schleunigst zu brauen beginne, dann sitzen wir nach dem Maifest alle auf dem Trockenen. Fabienne, willst du diesmal zugucken?«

Ich nicke ergeben. Etwas Besseres habe ich nicht vor, und vielleicht bringt mich die Braukunst ja auf andere Gedanken.

Bestens gelaunt schließt Peter den Keller auf. Bisher war ich noch nie hier unten, aber heute bin ich in der richtigen Stimmung, um in diese Gruft hinabzusteigen.

Erwartungsgemäß ist es feucht und kühl unter dem Haus. Doch dank der langen Neonröhren ist es wenigstens hell im Keller. Florian ist auch mitgekommen, und er hat seine ganze Fotoausrüstung dabei. Ich erinnere mich daran, dass er meinen Brauversuch unbedingt posten wollte.

»Muss ich mich vorher noch stylen, oder bin ich schick genug für eure Homepage?«, frage ich ihn und grinse frech.

»Du … du bist immer hübsch«, stottert er und wird wieder einmal rot.

Ich kichere. »Aber deinen Paps könnte man noch etwas aufhübschen, findest du nicht?«

Das hat Peter gehört und dreht sich gespielt empört um.

»Was stimmt denn nicht mit meiner Kleidung?«, fragt er und zupft an seinem rot-grünen Karohemd herum.

Plötzlich leuchten Florians Augen auf. »Ich hab's!« Er strahlt und drückt mir seine Ausrüstung in die Hände. »Bin gleich wieder da. Fangt nicht ohne mich an.«

Wie ein geölter Blitz rast er die Treppe hoch.

»Oh mein Gott. Mir schwant Schlimmes«, sagt Peter und verdreht die Augen.

»Was? Mon Dieu? Was holt er?«, will ich wissen.

»Ich tippe mal auf Erikas Stickereien«, prophezeit Peter.

»Non! Auf keinen Fall. Ich braue nicht in Unterwäsche!«, rufe ich entsetzt.

»Aber nicht doch, Erika hat einmal …«

Doch da ist Florian schon wieder zurück, vollgepackt

mit bestickten Kochschürzen und Hauben. Ich atme erleichtert auf. Damit kann ich leben.

Nur Peter schüttelt vehement den Kopf. »Nein, Florian. Ich trage weder eine rosa noch eine lila Schürze! Ich bin ein Mann!«

»Ich finde, Lila würde dir ausgezeichnet stehen«, behaupte ich kichernd.

Peter verzieht den Mund. »Nein! Niemals!«

»Dann stimmen wir eben ab«, sagt Florian ungerührt, »wer dafür ist, dass Papa sich die wunderschöne lila Schürze mit der tollen Fucking Helles-Stickerei umbindet, hebe die Hand.«

Mein Arm schießt hoch, und Flo zeigt natürlich auch auf.

»Überstimmt. Laut Familiengesetz wird getan, was die Mehrheit für richtig befindet. Das heißt, du musst die Schürze anziehen, Papa!«, verkündet Florian und gibt Peter die Schürze und die Kochmütze.

»Verräterin!« Peter zwinkert mir zu. »Helene war immer auf meiner Seite! Ich will meine Tochter zurück!«

Er kann seine Beschwerde aber nicht so ernst meinen, dazu glitzern seine Augen zu vergnügt.

Ich lache und nehme die rosa Kochgarnitur. Fucking Dunkles steht bei mir drauf. Peter sieht urkomisch aus mit seiner Schürze und der Haube, und ich muss einen Lachanfall unterdrücken. Gemeinsam posieren wir fürs erste Foto.

Dann zeigt mir Peter den großen Braukessel, die Fässer, die Flaschen und das ganze Werkzeug, das er zum Brauen verwendet.

»Am wichtigsten ist, dass alle Geräte schön sauber sind«, erklärt er.

»Ja, beim Bierbrauen kann Papa sogar abwaschen und putzen«, witzelt Florian herum und kassiert dafür einen bösen Blick von Peter.

»Wenn ich mir den Zustand von deinem Zimmer gerade vorstelle, würde dir ein kleiner Putzfimmel auch guttun, Flo.«

Florian presst die Lippen zusammen. »Ich bin ein pubertierender Jugendlicher. Ich habe ein natürliches Recht auf Schmutz und Unordnung.«

»Akzeptiert«, gibt Peter sich geschlagen, »dein Zimmer sieht sogar noch recht ordentlich aus, wenn ich an meins damals zurückdenke.«

Grinsend verfolge ich das Wortduell der beiden. Bisher war ich immer der Meinung, dass es solche Familien nur im Fernsehen gibt. Bei uns zu Hause ist es nie so lustig. Erstens haben meine Eltern beruflich zu viel am Hals, und zweitens sind auch unsere Gespräche wesentlich sachlicher.

»Zurück zum Thema. Bierbrauen ist eigentlich ganz einfach. Man braucht nur Gerstenmalz, Hopfen, Hefe und Wasser.« Peter verfällt in einen richtigen Lehrertonfall. Er erklärt mir ganz genau, wie viel Wasser ich in dem Kessel erhitzen und wann ich das Malz hineingeben soll. Ich halte mich exakt an seine Vorgaben. Während Peter alle naselang die Temperatur des Gebräus misst, knipst Florian wild drauflos.

Bierbrauen ist ganz schön anstrengend. Besonders das Abseihen des Getreides. Maische nennt sich das und ist irgendwie eklig. Kaum zu glauben, dass aus dem Gebräu später einmal echtes Bier werden soll. Aber Peter schwört, dass alles mit rechten Dingen zugeht. Ich komme bei der Arbeit richtig ins Schwitzen.

»Frau Strudelpeter ist nicht so streng wie du«, klage ich.

»Die macht auch nur Strudel, Schnitzel und Knödel. Bierbrauen ist eine Kunst«, erwidert Peter grinsend.

Die Brühe wird aufgekocht und blubbert bedrohlich vor sich hin. Sie sieht aus wie die Ursuppe, direkt aus der Hölle, und schäumt vor sich hin, als wolle sie den ganzen Keller überfluten.

»Das wird ein herrliches Bier. Du kannst stolz auf dich sein«, lobt mich mein Gastvater.

Nach guten drei Stunden lustiger Schufterei und derber Scherze ist das Bier so gut wie fertig. Probieren kann man es jedoch nicht.

»Die blödeste Arbeit ist das Warten«, sagt Peter.

»Ich druck dann Etiketten für die neue Charge »Fabiennes Fucking Bier« aus«, meint Florian, »das darf ich doch, oder?«

»Sicher. Nimmst du dafür die Fotos von heute?«

Florian nickt.

»Super, dann bin ich eine Dorfberühmtheit und gerate nicht in Vergessenheit, wenn mich die Großstadt wiederhat.«

Florian freut sich, und auch Peter lächelt zufrieden. »So ein Glück. Ich hatte schon Angst, Flo würde mich lila-beschürzt auf die Flaschen drucken«, sagt er.

»Nein. Ich will das Bier ja verkaufen. Da eignet sich Fabienne besser als Model, findest du nicht?«

»Willst du etwa sagen, ich bin nicht fotogen?«, ruft Peter empört und dreht sich wie Austria's Next Topmodel um die eigene Achse.

»Doch, Paps. Du kommst aufs Plakat, direkt vors Haus.«

Peter bleibt der Mund offen stehen. Damit hat er wohl nicht gerechnet.

Es ist schön zu sehen, wie viel Spaß die beiden zusammen haben.

Vielleicht könnten Mama und ich auch mal was gemeinsam unternehmen, einen ganzen Tag lang, nur wir zwei. Dann würden wir vielleicht auch mal wieder zusammen lachen. Über andere Dinge, aber das wäre auch gut.

25

ICH SCHAFFE ES NICHT. So einfach ist das. Natürlich sollte ich anders reagieren, aber ich kann es nicht. Ich fühle mich gekränkt. Es macht mich traurig, dass Fabienne mir falsche Tipps gegeben hat.

Das Chatfenster blinkt mich verzweifelt an.

Hallo, Helene, bist du da? Hallo?

Fabienne will wissen, ob sie sich ein Dirndl von mir leihen kann. Ich klicke den Chatroom weg, obwohl mich sofort das schlechte Gewissen plagt. Eigentlich möchte ich mit Fabienne chatten, schon alleine, weil ich wissen will, warum sie mir diese Tipps gegeben hat. Außerdem hab ich so viel zu erzählen, und ich bin auch neugierig, was zu Hause los ist. Lena hab ich die letzten Tage nicht erreicht, und mit Mama will ich nicht telefonieren. Sie würde bestimmt sofort merken, dass mich etwas beschäftigt, und dann müsste ich ihr von Marc und André erzählen. Das will ich nicht. Also bleibt nur Fabienne. Sie wäre genau die richtige Person, um über mein Dilemma zu reden. Aber ich kann nicht.

Wenn ich meine Finger auf die Tastatur lege, spüre ich einen Knoten in meiner Kehle, der mir die Luft abschnürt. Ich merke, wie weh mir Fabiennes falsches Spiel tut. Vielleicht schaffe ich es ja morgen. Wahrscheinlich brauche ich einfach ein wenig Abstand. Ganz bestimmt aber brauche ich selbst jemanden, der mir hilft.

Das Wochenende, das gemeinsame Bowlen, das Essen im Hard Rock Cafe, all das hat mich nur noch mehr verwirrt. André ist nach wie vor sehr charmant und sogar ein wenig eifersüchtig, wenn ich mit Marc über unsere Tierarztträume plaudere. Marc aber hat sich auf einmal geöffnet und sich als wahnsinnig intelligent, einfühlsam und witzig gezeigt. Seitdem ertappe ich mich dabei, wie ich mir uns zwei als Paar vorstelle. Er ist mir einfach so ähnlich. Wir lachen über die gleichen Dinge, haben den gleichen Berufswunsch und nehmen unsere Tierliebe sehr ernst. Ich freu mich schon wahnsinnig auf unseren Besuch im Zoo.

Der neu eröffnete Pariser Zoo ist an sich schon eine Sensation, denn jetzt kann man in die Lebensräume der Tiere eintauchen, ohne sie zu stören. Ich bin schon so gespannt. Marc hat mir versprochen, dass wir gemeinsam mit seinem Kumpel Claude einige Tiere füttern dürfen.

Als würde Bastet ahnen, dass ich gerade von anderen Vierbeinern träume, springt sie schnurrend auf meinen Schoß. In dem Moment klopft es an der Tür.

»Helene, bist du da?«, ruft Brigitte.

Ich wundere mich, dass meine Gastmutter schon zu Hause ist.

»Sicher. Komm herein.«

Brigitte streckt ihren Kopf zur Tür herein. Sie lächelt breit. »Du hast doch vorgeschlagen, dass wir mal zusammen kochen könnten. Steht dein Angebot noch? Mein Kunde hat mich spontan versetzt, und ich habe keine Lust mehr, auszugehen. Wie wäre es? Wollen wir Richard mit einer selbst gemachten Köstlichkeit aus meiner fast unberührten Küche überraschen? Ich hab auch schon eingekauft.«

»Diese Küche fleht danach, endlich bekocht zu werden«, antworte ich lächelnd und steh auf. Ein gemeinsamer Kochabend mit Brigitte wird mich bestimmt ablenken und mein schlechtes Gewissen für ein paar Stunden beruhigen.

Meine Gastmutter hat Lebensmittel für eine ganze Fußballmannschaft gekauft. Ich muss lachen, als ich die proppenvollen Tüten sehe. Zum Glück ist reichlich Gemüse dabei und nichts, was nach Schnecken oder Muscheln aussieht.

»An welches Gericht dachtest du denn?«, frage ich.

»Eine Art Gemüselasagne vielleicht. Ich hab Teigblätter und eine Packung Béchamelsoße besorgt.« Stolz zieht sie eine Fertigsoße aus dem Einkaufsbeutel.

»Wir wollen kochen, nicht Tüten aufreißen«, sage ich.

Brigitte lacht. »Gut. Dann warte ich auf deine Befehle. Wenn ich Regie führe, gibt es nach zwei Stunden Schwerstarbeit Gemüse und Teigplatten – gewaschen, geschnippelt und roh.«

Ich kichere. Bis jetzt wusste ich nicht, dass Brigitte so lustig sein kann. Wir machen uns an die Arbeit. Zuerst werden die Tomaten gehäutet und geschnitten, dann bereiten wir die Karotten, Zucchini, Erbsen und Pilze vor. Daraus kochen wir eine kräftig gewürzte Tomaten-Gemüsesoße.

»Gebe ich zuerst das Mehl und die Butter in den Topf oder die Milch? Helene? Wo bist du mit deinen Gedanken?«

Oje. Hilfe suchend hält mir Brigitte einen großen Topf unter die Nase.

»Tut mir leid. Ich musste gerade …«, stottere ich und werde natürlich rot dabei.

»… an einen Jungen denken. Stimmt's?«

Ich nicke verlegen. Brigitte kann vielleicht nicht so gut kochen, dafür aber umso besser Gedanken lesen.

»Fabienne starrt auch immer Löcher in die Luft, wenn sie mit Jungsgeschichten beschäftigt ist«, sagt Brigitte und stellt ächzend den Topf ab.

»Mein Problem ist, dass ich keine Ahnung habe, wer der Richtige für mich ist. Außerdem will ich nicht noch mal so eine Enttäuschung erleben wie damals bei Levin«, platzt es plötzlich aus mir heraus. Offenbar hat sich bei mir so viel angestaut, dass mein Gefühlschaos trotz meiner Schüchternheit einfach übergeschwappt ist.

»Oh! Gleich mehrere. Das ist immer schwierig. Verlass dich auf dein Gefühl. Wenn es einer der Jungs schafft, dass du mit ihm die Zeit vergisst und du keine Sekunde mehr an den oder die anderen denkst, dann ist er der Richtige.« Brigitte zwinkert verschwörerisch. »Und die Enttäuschung gehört zur Liebe dazu. Daran wächst man. Du brauchst dir aber wahrscheinlich keine Sorgen zu machen, den gleichen Fehler zweimal zu begehen. Dafür bist du zu intelligent. Hör auf dein Herz, Helene«, sagt sie ruhig und sieht mir dabei tief in die Augen.

Es ist gerade so, als könnte sie meine Gefühle voll und

ganz verstehen. Vielleicht befand sie sich früher mal in einer ähnlichen Zwickmühle. Ich schlucke schwer und ringe mir ein Lächeln ab. Mein Herz hatte bei Levin immer leise Zweifel angemeldet. Diesmal sollte ich wirklich genau hinhören, für wen es schlägt.

Nachdem die Béchamelsoße fertig ist, schichten wir abwechselnd Nudelblätter und Gemüse auf, bis die Form voll ist. Dann schiebt Brigitte sie in den vorgeheizten Ofen.

Während wir den Salat zubereiten, erzählt meine Gastmutter mir von ihrem Job und wie sie Richard kennengelernt hat. Ich spüre, dass sie sich nach mehr Familienleben sehnt.

»Vielleicht könnt ihr ja einen festen Kochabend einführen? Fabienne, Richard und du? Dann steht diese Traumküche auch nicht länger nur zur Zierde in der Wohnung«, schlage ich vor.

Brigitte lächelt. »Das ist eine gute Idee. Fabienne gefällt sie sicher auch. Manchmal hab ich ein schlechtes Gewissen. Sie bekommt zwar alles, aber wirklich Zeit für sie und ihre Sorgen haben wir beide nicht. Dabei weiß ich, dass sie auch mit einem Jungen zu kämpfen hat. Alex, Adam oder so.«

»André«, flüstere ich so leise, dass Brigitte mich nicht hört. Langsam bin ich mir sicher, dass Fabienne tatsächlich aus purer Eifersucht das Hard Rock Cafe vorgeschlagen hat.

Die Wohnungstür geht auf. Richard kommt nach Hause.

»Hm. Was duftet denn hier so köstlich? Brigitte, hast du etwa die arme Helene zum Küchendienst verdonnert?«

»Ich hab selbst gekocht. Mit ein klein wenig Unterstützung«, erwidert Brigitte schmunzelnd.

»Meine Frau. Da dachte ich, ich kenne dich. Und dann so etwas!«, bemerkt Richard erfreut.

Wir decken gemeinsam den Tisch und essen zu Abend. Fabiennes Eltern tauen richtig auf. Richard ist ein klasse Witzeerzähler.

»Was heißt Schwiegermutter auf Französisch?«, fragt er schelmisch grinsend. Ich schüttle ahnungslos den Kopf. »Grand Malheur«, antwortet er lachend.

Kaum zu glauben. Ich bin schon zwei Wochen hier, und erst heute habe ich das Gefühl, bei meinen Gasteltern angekommen zu sein. Manche Menschen brauchen etwas mehr Zeit, wie Brigitte, wie Richard. Vielleicht auch Marc?

26

HELENE HAT SICH NICHT MEHR GEMELDET. Ich schätze, es geschieht mir recht. Sie hat bestimmt herausgefunden, dass ich sie absichtlich zum Bowlen und ins Hard Rock Cafe geschickt habe. Nach dem Maifest muss ich endlich mit offenen Karten spielen und ihr alles erzählen: von André und von meiner dummen Eifersucht. Hoffentlich verzeiht sie mir. Der Liebeskummer macht mich schon richtig krank. Bisher habe ich das immer für ein Gerücht gehalten, aber es stimmt leider wirklich. Vor lauter Eifersucht habe ich mich total verändert. Mein Bauch rumort und sticht vor Sorge und schlechtem Gewissen. Ist ein Junge diesen Kummer überhaupt wert?

Ich seufze und denke an André. Trotz allem, was passiert ist, fehlt er mir. Doch außer ein paar nichtssagender SMS und WhatsApp-Gruppennachrichten hab ich seit Wochen nichts mehr von ihm gehört. Dafür hatte sich Helene immer treu und brav gemeldet. Traurig öffne ich ihren Schrank. Ich habe bislang noch nicht einmal einen Blick hineingeworfen.

Auf den Einlegeböden stapeln sich jede Menge bunte T-

Shirts und Jeans. Ganz vorne auf der Kleiderstange hängt ein kurzes Dirndl. Unten im Schrank entdecke ich ein Paar High-Heels-Sandalen, die perfekt dazu passen.

So etwas trägt man hier? Puh, das hätte ich den Landmädchen gar nicht zugetraut. Das Kleid ist beinahe neonpink und sehr figurbetont. Am Haken hängen auch noch Strümpfe mit Strumpfhaltern. Ich überlege kurz, ob ich nicht doch lieber in meinen Klamotten zum Fest gehen sollte. Aber ich meine mich zu erinnern, dass ich im Fernsehen schon öfter deutsche und österreichische Frauen in derartigen Kleidern gesehen habe, zum Beispiel auf dem Oktoberfest in München. Und das Letzte, was ich will, ist unangenehm auffallen. Wenn alle hier ein Minidirndl tragen, dann mache ich das auch.

Ich schlüpfe in das Trachtenkleid. Es passt wie angegossen. Offenbar haben Helene und ich die gleiche Größe. Die Strümpfe ziehe ich aber auf keinen Fall an. Das ist mir zu viel. Eine falsche Bewegung, und jeder kann die Strapse sehen. Da müsste ich den ganzen Tag steif wie ein Stock in der Ecke stehen und hätte dennoch dauernd Angst, dass der Rock hochrutscht. Zum Glück habe ich eine ganz normale Strumpfhose eingepackt. Ich probiere Helenes Schuhe, und da sie vorne offen sind, passen sie mir ganz gut. Noch ein wenig Make-up, Lipgloss und Mascara, und ich bin fertig. Gut, so kann ich gehen, beschließe ich und stake die Treppe hinunter. Die Sandalen sind wirklich extrem hoch.

Nun würde ich mir doch wünschen, ich hätte nicht ausgeschlafen und wäre schon vor zwei Stunden mit den anderen zum Fest gegangen. Es wäre sicher lustig gewesen, wenn wir gemeinsam in unseren bunten Trachten durchs Dorf gelaufen wären. Doch der Weg ist nicht weit, und es ist gut zu wissen, dass heute alle verkleidet sind.

Bestimmt haben sich schon alle auf der Dorfwiese versammelt. Ich biege auf die Hauptstraße ein und höre Blasmusik. Als ich den Platz erreiche, erstarre ich. Da stehen die ganzen Dorfleute, die Männer in Lederhosen, Hemden und Trachtenjacken und die Frauen in knöchellangen dunkelblauen und roten Dirndlkleidern. Nichts wie weg hier! Nur schnell umziehen und in Jeans und T-Shirt wiederkommen!

Doch ich habe die Rechnung ohne meine High Heels gemacht. Eine unachtsame Bewegung, ein Stein – und schon liege ich mit meinem quietschrosa Minikleid auf der Straße.

»Fabienne!« Erika stürmt auf mich zu und streckt ihre Hände aus, um mir aufzuhelfen.

»Was – um Himmels willen – hast du denn da an?«, fragt sie verblüfft, als ich wieder auf den Beinen bin. »Das ist ja Helenes Faschingskostüm.«

Ich schaffe es nicht, zu antworten. Stattdessen schlüpfe ich aus diesen verdammten Schuhen und laufe so schnell wie möglich weg.

»Fabienne! Warte doch! Fabienne!«

Vor lauter Tränen sehe ich nichts mehr. Im Heuschober ist es dunkel, obwohl draußen die Sonne scheint. Ich setze mich auf einen Strohballen und weine. Wie hat das nur passieren können? Ich hatte gleich so ein komisches Gefühl, als ich das Kleid angezogen habe. Und dann auch noch dieser peinliche Sturz! Jetzt halten mich sicher alle für eine überdrehte, tollpatschige und hysterische Gans. Wie schrecklich!

Das ist die gerechte Strafe dafür, dass ich Helene so schlecht behandelt habe. MON DIEU, WAS SOLL ICH NUR MACHEN? Im Ort kann ich mich nicht mehr blicken lassen.

»Fabienne? Bist du da drin?« Erika, Thomas und zwei Mädchen aus dem Dorf spähen vorsichtig zum Scheunentor herein. Ich verhalte mich ganz still. Hoffentlich gehen sie wieder und lassen mich in meinem Elend allein.

Quiek, quiek! Susi galoppiert erbarmungslos auf mich zu und verrät mein Versteck. Grunzend stupst sie ihren feuchten Rüssel gegen mein Bein. Erika und die anderen folgen dem Verräter-Schwein.

»Hier steckst du, Schätzchen. Warum bist du denn einfach weggelaufen?«

»Weil, weil … ach, welche Blamage! Dieses Kleid … und mein Sturz. Ihr haltet mich bestimmt alle für total dumm.«

»Ach was! Ist doch nur halb so schlimm.« Erika setzt sich neben mich und legt ihren Arm tröstend um meine Schultern.

»Wir holen dir schnell ein richtiges Dirndl. Nicht wahr, Vero?« Die Mädchen nicken einander zu und schwirren davon. Zurück bleiben Erika, der Nachbarjunge Thomas, Susi und ich.

»Meine beiden Schwestern Vero und Nicki werden dich im Handumdrehen in ein fades Landei verwandeln«, verspricht Thomas. »Obwohl du mir als Katze noch besser gefällst, glaub ich.«

»Als Katze?«, frage ich leise.

Thomas lacht. »Ja, ja. Unser ganzer Ort ist beim Faschingsumzug als Daniela Katzenberger und Lucas Cordalis gegangen. Das war im Februar.«

»Aha«, sage ich. »Und ich hab ausgerechnet dieses Kleid erwischt. Ein Faschingskostüm.« Erneut schießen mir Tränen in die Augen.

»Das war meine Schuld. Ich hätte dir sagen sollen, dass unsere Trachten im großen Kleiderschrank im Flur hängen. Es tut mir leid, Fabienne«, gesteht Erika kleinlaut. »Ich hab es einfach vergessen in all dem ganzen Vorbereitungsstress.«

»Verges… sen?«, stottere ich.

Erika nickt schuldbewusst.

Thomas' Schwestern kommen mit einem ganzen Arm voller Dirndl herein.

»So, jetzt wollen wir dich mal ordentlich aufbrezeln«, verkündet Vero. »Und du, Thomas, zisch ab. Das ist Mädchensache!«

Erika nickt Thomas ernst zu. »Komm, lass deine Schwestern machen. Und dich – Fabienne – will ich ohne verheulte Augen wiedersehen. In Ordnung?«

»Kann ich mich wirklich noch im Dorf blicken lassen, ohne dass sich alle über mich lustig machen?«, frage ich.

»Natürlich. Wenn jemand schuld an deinem Versehen ist, dann bin das wohl ich. Und außerdem hat Fucking schon Schlimmeres gesehen als ein hübsches Mädchen in einem Minidirndl.«

»Ja? Was denn?«

»Herrn Pfarrer Berschl zum Beispiel, splitterfasernackt,

nur eingewickelt in ein Altartuch. Weil ihm ein paar Lausbuben den Haustürschlüssel und die Kleider versteckt haben, als er gerade in seiner Saunahütte war«, meint Thomas lachend.

»Als ob nicht alle wüssten, wer diese Lausbuben waren«, sagt meine Gastmutter und gibt Thomas einen Klaps. »Florian und du, ihr zwei Schlingel.«

Lachend gehen Thomas und Erika hinaus, während Vero und Nicki mir helfen, in ein rot-grünes, knielanges Dirndl zu schlüpfen. Nebenbei erzählen sie mir die ganze Geschichte von Pfarrer Berschl, seiner neuen Saunahütte hinter dem Pfarrhaus und dem Altartuchdesaster.

Die beiden sind so nett, dass ich mich nach einer Weile wieder wie ein normales Mädchen fühle.

Nicki steckt mir die Haare hoch. Zufrieden betrachtet sie ihr Werk. »Ja, so siehst du klasse aus.«

»Es lacht mich auch keiner aus, wenn ich jetzt zurück ins Dorf gehe? Bei uns in Paris ist ein falsches Outfit ein echter Fauxpas. Ich könnte mich monatelang nicht mehr bei meinen Freunden blicken lassen.«

Die beiden schütteln den Kopf. »Bei uns zählt nicht die Kleidung, sondern der Mensch. Und du bist nett. Das ist die Hauptsache.«

Ich schlucke schwer. »Ihr seid unglaublich nett zu mir. Leiht mir einfach eure Kleider und kümmert euch um mich, obwohl draußen das Fest in vollem Gange ist.«

Nicki und Vero lächeln. »Das ist doch selbstverständlich. Wir Mädels müssen zusammenhalten«, meint Vero. »Das Wichtigste im Leben sind doch gute Freunde!«

Ich muss an Helene denken, und mein Herz zieht sich schmerzhaft zusammen. Wir gehen zurück zum Dorfplatz. Die Musikkapelle spielt, und einige Pärchen tanzen.

Ich setze mich zu meiner Gastfamilie auf die Bierbank.

»Alles in Ordnung?«, fragt mich Erika.

Ich nicke und sehe dem lustigen Treiben zu. Es dauert nicht lange, bis Thomas vor mir steht und mich um einen Tanz bittet. Meine Ausrede, dass ich nicht tanzen kann, lässt er nicht gelten. Thomas zieht mich einfach auf die Tanzfläche und wirbelt mich im Kreis herum. Ich lache und vergesse doch glatt meinen kleinen Fauxpas.

»Darf ich dir die nächsten Tage mal unsere Gegend zeigen? Hoch zu Ross vielleicht?«, flüstert mir Thomas ins Ohr, als wir wieder zum Platz gehen. Mir wird heiß, vielleicht vom Tanzen, vielleicht aber auch von der Vorstellung, auf einem Pferd zu reiten. Schüchtern zucke ich mit den Schultern.

»Also abgemacht! Ich hole dich morgen um elf Uhr ab, und dann reiten wir zum kleinen Waldsee«, sagt Thomas erfreut.

Ich kann gar nichts antworten, schon hat mich Florian zu sich gezogen. »Selfie-Foto mit unserer Austausch-Maikönigin«, sagt er und hält sein Handy vor unser Gesicht. Er drückt sich ganz nah an mich heran und knipst ein Bild.

»Das kommt bestimmt gut auf unserer Homepage«, sagt er.

Ich kann es kaum glauben, aber ich bin glücklich. Ein wenig zumindest. Die Menschen hier sind alle so herzlich und fröhlich, dass ich gar nicht anders kann, als mitzufeiern.

Hallo, Helene!
Ich muss dringend mit dir reden. Heute ist mir etwas total Peinliches passiert. Ich bin versehentlich in deinem Faschingskostüm zum Maifest gegangen. Zum Glück waren deine Familie und deine Freundinnen total nett und haben mir schnell ein anderes Dirndl geholt. Ich glaube, du bist genauso nett wie sie. Bitte gib mir die Chance, dir alles zu erklären. Okay?

Einen Augenblick zögere ich. Meine Hände zittern, und eine Mischung aus Angst und Scham schnürt mir die Luft ab. Doch ich atme tief durch und tippe auf Senden.

Flupp, die Internetverbindung ist weg. Ausgerechnet jetzt. Merde!

27

»GEHT'S DIR NICHT GUT, Helene?« Brigitte sieht mich mit großen Augen an.

»Doch, doch«, wiegele ich ab. Seit einer halben Stunde versuche ich durch zwanghaftes Dauerstreicheln von Bastet meine Nerven zu beruhigen. Ich bin viel zu früh aufgestanden. Habe mich viel zu schnell fertig gemacht, und jetzt warte ich, nervös wie ein Wespenschwarm, auf Marc, der mich zu unserem gemeinsamen Zoobesuch abholt.

Brigitte sitzt mir gegenüber am Küchentisch und runzelt die Stirn. »Sprich dich aus. Es hilft, glaub mir«, sagt sie lächelnd.

»Ach, es ist wegen Marc. Ich weiß nicht, ob er mich genauso gern hat wie ich ihn. Wir haben so viel gemeinsam, aber er ist so wahnsinnig schüchtern.«

»Also ist der zweite Junge aus dem Rennen?«

Ich zucke mit den Schultern. »Ich glaub schon. Er ist ein echter Mädchenschwarm. Total nett und charmant, aber solche Jungs hat man nie für sich allein. Jedes Mädchen flirtet mit ihm. Sicher bin ich mir trotzdem nicht, und jetzt weiß ich nicht, was ich tun soll.«

»Vertrau auf dein Gefühl. Wenn es dir sagt, dass Marc der Richtige ist, dann musst du vielleicht die Initiative ergreifen. Wenn ich damals nichts unternommen hätte, wären Richard und ich nie ein Paar geworden.«

In dem Moment klingelt es an der Tür, und ich springe wie von der Hornisse gestochen auf. Draußen steht Marc und starrt wie immer schüchtern auf den Boden.

»Hallo, Marc«, begrüße ich ihn freudig.

Er blickt auf und wird leicht rot dabei. »Hallo, Helene.«

»Ich freu mich so auf die Manatis«, sage ich strahlend.

»Ich mich auch …«

So wie er mich ansieht, habe ich das Gefühl, er würde mich meinen und nicht den Zoobesuch.

Nun schießt mir auch das Blut in die Wangen. »Bis später, Brigitte«, rufe ich schnell über die Schulter zurück. Dann gehen wir.

Der Zoo liegt am Rande eines größeren Waldgebiets, des Bois de Vincennes. Nachdem er sechs Jahre lang umgebaut wurde, leben die Tiere nun in verschiedenen Zonen, die ihrer ursprünglichen Heimat nachempfunden wurden. Wir gehen als Erstes in die Zone Guayana, denn dort arbeitet Marcs Freund.

»Da vorne ist Claude!« Marc deutet auf einen schlanken, langhaarigen Tierpfleger.

Lächelnd kommt Claude auf uns zu. »Hallo, ihr zwei. Schön, dass ihr da seid.« Der Tierpfleger ist vielleicht dreißig und sieht wie ein alternativer Biolehrer aus: hippiemäßig, lässig und cool.

»Und du bist also Helene? Freut mich, dich kennenzulernen! Kaum zu glauben, dass Marc endlich jemanden gefunden hat, der genauso verrückt nach Tieren ist wie er selbst. In den Ferien musste ich ihn abends regelrecht aus dem Zoo schleifen, sonst hätte er glatt bei den Affen übernachtet.« Er reicht mir die Hand und drückt sie kaum spürbar.

Lachend schüttele ich ihm die Hand. »Ich kann Marcs Tierliebe gut verstehen. Mir geht es da genauso.«

Marc sieht mir in die Augen, und ein angenehm warmes Gefühl kribbelt durch meinen Bauch.

»Prima. Dann wollen wir den Manatis einen Besuch abstatten. Marlene wartet schon auf ihre Streicheleinheiten«, sagt Claude.

»Man kann sie streicheln?«

»Marlene schon. Sie wurde von Hand aufgezogen und ist total auf Menschen fixiert. Wusstest du, dass man mit Seekühen genauso schwimmen kann wie mit Delphinen?« Claude grinst. »Dein Freund hat das schon mal gemacht.«

»Aber unfreiwillig«, erklärt Marc, »ich bin ausgerutscht und mitten in den Manati-Sumpf gefallen.«

»Zum Glück bist du nicht in einem Haifischbecken gelandet. Ich hab dich lieber in einem Stück«, sage ich ernst.

Marc weicht meinem Blick aus. »Du … du bist nett«, stottert er schüchtern.

Schon wieder werden meine Wangen heiß. Meine Güte, ist das alles kompliziert. Warum müssen ausgerechnet zwei Menschen, die gleich schüchtern sind, aufeinandertreffen?

Schweigend folgen wir Claude zu den Becken. Marcs

Blicke streifen mich ununterbrochen. Ich spüre es regelrecht, wenn er mich ansieht. Es fühlt sich an, als würde er mir jedes Mal einen Mini-Elektrostoß verpassen. Keinen, der wehtut, sondern einen, der mein Herz ein klein wenig schneller schlagen lässt.

Beim Füttern der Manatis komme ich nicht nur den Tieren nah. Marc kniet ganz dicht neben mir am Rand des Stegs, und immer, wenn ich mich zu weit nach vorne beuge, greift er nach mir. »Nicht dass du mit Marlene auf Tauchkurs gehst«, meint er lachend.

Marlene ist eine dicke, träge und freundliche Seekuh. Genüsslich frisst sie die Wasserpflanzen aus meiner Hand und lässt sich dabei ausgiebig kraulen. Ihre Haut ist fast wie die von Susi, nur in Grau. Doch plötzlich schlägt sie mit dem Schwanz ins Wasser, und ein ganzer Schwall landet direkt in meinem Gesicht. Ich kreische erschrocken auf. Noch einmal blickt Marlene hoch, als würde sie mich spitzbübisch angrinsen, dann taucht sie unter.

»Oh Mann, du Arme. Warte, ich habe ein Taschentuch«, sagt Marc und beginnt, die Wassertropfen von meinen Wangen zu tupfen. Unter seiner Berührung wird mir heiß und kalt zugleich. Er kommt immer näher. Seine Lippen sind leicht geöffnet. Gleich ist es so weit. Ich spüre es. Mein Puls rast, meine Haut glüht. Bitte, lass mich nicht länger warten. KÜSS MICH ENDLICH!

»Hier, damit kannst du dich abtrocknen.« Claude reicht mir lächelnd ein Handtuch.

Mist! Ich wäre lieber noch einen Moment nass geblieben. »Sorry. Ich hätte dich vorwarnen müssen. Marlene ist ziemlich verspielt. Sie glaubt, sie kann mit jedem eine Wasserschlacht veranstalten«, erklärt Claude.

»Halb so schlimm«, murmele ich und trockne mich ab. Das Wasser stört mich nicht. Nur der verpasste Kuss, der tut weh.

Marc ist wieder ganz verschlossen und räumt die Eimer mit den Futterpflanzen zusammen. So eine Gelegenheit ergibt sich so schnell nicht wieder. Doch was hat Brigitte mir geraten? Wenn er der Richtige ist, dann soll ich die Initiative ergreifen. Ich beobachte Marc, und mein Gefühl sagt mir, dass er es wert ist. Alle meine Zweifel sind verschwunden. Wenn ich mit ihm zusammen bin, dann fühle ich mich wohl und sicher. Marc ist zwar leider genauso schüchtern wie ich, aber dafür eben kein Draufgänger und Mädchenschwarm. Ich muss einfach Mut beweisen und den ersten Schritt tun … Wenn das nur so einfach wäre. Blödes Rotköpfchen-Schüchternheits-Gen!

»Tiere pflegen macht hungrig. Findest du nicht?«, frage ich Marc, nachdem wir gemeinsam mit Claude noch einen Rundgang durch die anderen vier Zonen gemacht haben und er uns zu jedem Zoobewohner eine Geschichte erzählt hat. Der Tag ist rasend schnell vergangen. Dummerweise hat Marc keinen weiteren Versuch mehr gestartet, mich zu küssen.

»Darf ich dich auf einen Imbiss einladen?«, fragt er mich.

»Gern. Wo gehen wir hin?«

»Willst du vor einer typisch kitschigen Touristenkulisse essen oder schnöde bei McDonald's?«

»Da lass ich mich lieber Touri nennen«, antworte ich.

Marc lacht. Wir gehen zur U-Bahn, und wie selbstverständlich nehme ich seine Hand. Einen Moment lang wirkt er irritiert, dann aber strahlt er mich an. Sein Daumen streichelt meine Finger, wodurch mein Herz ein paar Extraschläge macht. Hand in Hand spazieren wir durch das frühlingshafte Paris. Die Sonne wirft warme Strahlen vom Himmel. Es ist beinahe perfekt.

Marc führt mich in ein Bistro vor dem Eiffelturm, in dem es nur so wimmelt vor Touristen. Sprachen vermischen sich wie Smarties auf einem Eisbecher. Mein Croque Monsieur schmeckt zwar nur nach Käse, aber die Aussicht und Marc an meiner Seite machen das Essen zu einem besonderen Erlebnis.

»Bald bist du wieder zu Hause. Wirst du Paris vermissen … und … vielleicht auch uns?« Marc hustet nervös.

Ich unterdrücke ein Kichern. »Bestimmt sogar. Du wirst mir sehr fehlen.«

»I-ich?« Marc schluckt. »Ich dachte, André wird dir fehlen.«

»Auch ein bisschen. Aber du noch mehr.«

Unsere Fingerspitzen berühren sich, und wir verschränken die Hände. In meinem Bauch kribbelt es, genau wie vorhin am Becken bei Marlene. Nur dass sich diesmal kein Claude zwischen uns drängen kann. Marc beugt sich vor. Langsam. Zaghaft. Dann endlich spüre ich seine Lippen auf meinen. Ganz zart. Ich schmelze dahin wie ein Apfelstrudel mit Vanilleeis in der Mittagssonne. Nun ist es perfekt.

28

»DAS DARF DOCH WOHL NICHT WAHR SEIN!« Es ist halb zehn Uhr morgens, und das halbe Dorf hat sich ungläubig vor dem umgesägten Mast versammelt. Und nicht nur die Fuckinger sind da, auch die Leute aus dem Nachbarort Hucking stehen unschlüssig herum.

Peter schüttelt den Kopf. »Was habt ihr euch bloß dabei gedacht, unseren Funkmast umzusägen?«

Ein etwa siebzehnjähriger Junge tritt vor. »Der Franz, der Dennis und ich haben wohl zu viel Bier getankt gestern. Wir dachten, das wäre euer Maibaum.«

»Maibaum? Ich glaub es nicht. Da hattet ihr aber einen ziemlichen Knick in der Optik! In eurem Alter sollte man noch nicht so viel trinken, dass man komplett die Orientierung verliert.« Peter schüttelt den Kopf.

Ich halte mich im Hintergrund und beobachte das Schauspiel. Neben mir schmatzt Susi. Ich hab das kleine Ferkelchen richtig lieb gewonnen. Peter redet den jungen Männern weiter ins Gewissen. Wenigstens ist jetzt klar, warum ich gestern plötzlich kein Netz mehr hatte. Ob meine Nachricht noch bei Helene angekommen ist?

»Jetzt stehen wir da wie im Mittelalter. Abgeschnitten vom Rest der Welt. Das dauert sicher eine Weile, bis wir einen neuen Mast bekommen.«

Thomas lächelt mich an. »Was meinst du, sollen wir die Zwangspause nutzen und einen Ausritt wagen? Wir reiten auch ganz langsam.«

»Warum nicht?«, antworte ich. Ohne Internet und Handyempfang muss ich weder auf eine Nachricht von André noch von Helene hoffen.

»Prima. Wollen wir uns um drei Uhr bei dir treffen? Ich nehme einen Picknickkorb mit.«

»Abgemacht.« Susi grunzt vorwurfsvoll, gerade so, als hätte sie verstanden, dass ich ohne sie wegwill. »Ich kann nicht jedes Mal eine Sau mitschleppen«, erkläre ich ihr und kraule sie hinter dem Ohr.

Wir kehren der aufgebrachten Dorfjugend und dem umgesägten Mast den Rücken. Ich freue mich auf den Ausflug. Inzwischen ist mir klar geworden, dass ich nicht länger auf ein Wunder hoffen kann. André wird sich nicht melden. Ich werde erst in Paris wissen, ob aus uns noch etwas wird.

Die Menschen hier sind so nett und warmherzig. Thomas' Schwestern haben sich gestern so lieb um mich gekümmert, und es ist ein toller Tag geworden. Nur wegen André vergrabe ich mich in Frust, Angst und Eifersucht. Dabei gibt es hier so viel zu erleben: Traktorrennen, Ausritte, Hausschweine, Dorffeste mit Tanz und Musik, coole Jungs wie Thomas und witzige Freaks wie Florian. Ich will mehr aus Fucking mitnehmen als ein Unterhöschen! Ich will tolle Erinnerungen haben an meinen ersten Schüleraustausch!

Darum werde ich die letzten Tage genießen, die ich hier bin. »Jawohl«, sage ich laut, und Susi schaut mich erstaunt an.

Thomas steht mit Fallabella und einem zweiten gesattelten Pferd vor der Tür. »Das ist Plattfuß. Er ist Fallabellas bester Freund, und sie folgt ihm auf Schritt und Tritt.«

»Plattfuß ist aber kein besonders schöner Name für ein so edles Tier.« Vorsichtig streichle ich das schwarze Ross an der Seite.

»Er heißt so, weil er gleich nach seiner Ankunft meinem Vater auf den Fuß getreten ist. Der Name war mein Vorschlag. Ich war damals aber auch noch etwas jünger. Es hätte aber noch schlimmer kommen können. Stell dir mal vor, Plattfuß hätte meinem Vater einen Tritt in den Hintern verpasst«, sagt Thomas todernst.

Wir prusten beide los. Als ich wieder atmen kann, sage ich zu dem Pferd: »Dann bin ich ja froh, dass du nur Plattfuß heißt.«

»Kommst du alleine hoch, oder soll ich dir helfen?« Thomas deutet eine Räuberleiter an.

»Es geht schon«, erwidere ich und schwinge mich auf das Pferd. Fallabella macht einen Schritt vorwärts, und ich kralle mich am Sattelknauf fest.

»Ich führe dich das erste Stück. Dann bekommst du ein Gefühl fürs Reiten«, erklärt Thomas. »Plattfuß, komm, es geht los.«

Er nimmt Fallabellas Zügel, und sie setzt sich in Bewegung. Das schwarze Pferd trottet gemächlich hinterher.

»Wahnsinn. Der gehorcht dir ja aufs Wort«, bemerke ich staunend.

»Wenn man mit den Tieren zusammen aufwächst, ist das ein Selbstläufer. Außerdem hab ich mit Absicht Plattfuß genommen. Fallabella und er sind ein eingeschworenes Team und beide perfekte Anfängerpferde. Gutmütig wie eine Deutsche Dogge.«

»Du vergleichst das Pferd, auf dem ich gerade sitze, mit einer Dogge und glaubst, mich damit zu beruhigen? Mon Dieu, an deinem Umgang mit Mädchen musst du noch arbeiten.«

»Du läufst aber jetzt nicht kreischend davon, oder?«, fragt Thomas mit gespieltem Entsetzen.

Ich kichere. »Nein. Dafür macht es mir viel zu viel Spaß, auf Fallabella zu reiten.«

Er nickt erleichtert. »Gut. Dann gebe ich dir jetzt die Zügel. Ich reite vor. Fallabella folgt ihrem Pferdefreund ganz automatisch. Wenn du stehen bleiben willst, ziehst du an den Zügeln. Sonst brauchst du nichts zu machen. Fallabella weiß schon, was sie zu tun hat.«

Wir verlassen den Ort und reiten über eine Wiese bis zu einem kleinen Wäldchen. Ich muss wohl zu fest an den Zügeln gezogen haben, denn Fallabella bleibt stehen.

Thomas dreht sich um. »Keine Angst, ich entführ dich schon nicht in den tiefen dunklen Wald. Ich will dir nur unseren sagenumwobenen See zeigen. Es sieht dort aus wie im Urwald. Total cool. Und eine Seejungfrau wohnt auch unten auf dem Grund, außerdem jede Menge Kröten, Frösche und Molche.«

»Mon Dieu! Du weißt echt, was Mädchen wollen. Ich hab immer schon von einem Picknick in einem Sumpf voller Kröten geträumt.«

»Entschuldigung. Ich dachte, es würde dir gefallen. Wir … wir können auch kehrtmachen.« Thomas sieht ehrlich besorgt aus.

»Das war doch nur ein Scherz! Ich bin zwar eher an den Großstadtdschungel gewöhnt, hab aber auch nichts gegen ein bisschen echte Wildnis. Los, reite du voraus, du Fröschebezwinger!«, erwidere ich grinsend.

Der See hat seinen Namen nicht verdient. Es ist eher ein großer Teich oder ein Sumpfloch mit Wasserpflanzen. Wurzeln und Stämme von versunkenen Bäumen ragen heraus, Schilfgras wächst in hohen Büscheln um das ganze Ufer herum. Wir steigen ab und binden die beiden Pferde an einem Baum fest. Fallabella und Plattfuß beginnen sofort damit, Grashalme zu fressen.

»Hier ist es tatsächlich wie im Dschungel«, stelle ich überrascht fest.

»Cool, nicht? So geheimnisvolle Orte gibt es in Paris bestimmt nicht!«

»Nö. Wir haben nur so etwas Ödes wie den Glöckner von Notre-Dame«, kontere ich.

Gemeinsam breiten wir die Picknickdecke aus. Thomas hat einen ganzen Korb voller Proviant mitgebracht, mit Limo, Brot, Butter und Käse, Weintrauben und sogar Erdbeeren.

»Du hast dir ja echt Mühe gegeben. Toll.«

Thomas zuckt mit den Schultern. »Na ja, ich dachte, wenn

ich schon mal die Gelegenheit bekomme, dich allein zu treffen, dann muss ich dir auch etwas bieten. Du hast dich ja leider etwas rargemacht. Ich hätte dich gerne bei unseren Abenden in der Partyhütte dabeigehabt.«

Plötzlich habe ich ein schlechtes Gewissen, denn er hat recht. Ich habe viel zu viel Zeit mit meinen Gedanken an André und Paris verschwendet, statt die Menschen hier etwas besser kennenzulernen.

»Es ist halt alles so anders hier als daheim«, entschuldige ich mich.

»Das versteh ich gut. Es muss schwierig für dich gewesen sein. Du hast geglaubt, du wohnst in der Nähe von Salzburg, und dann landest du in Fucking.«

Ich nehme mir ein paar Weintrauben und lasse sie im Mund zerplatzen. »In Salzburg gibt es dafür bestimmt keine Geisterseen mit Moorjungfrauen.«

»Moorjungfrau«, wiederholt Thomas grinsend, »das ist ein cooler Name. Du bist ganz schön kreativ.«

Während wir essen, erzählt Thomas mir mit düsterer Stimme die alte Sage von der Jungfrau und dem bösen Riesen. »Einst kehrte der grausame und riesige Ritter Veit zu früh von der Jagd heim und fand die Jungfrau Mechthilde betend vorm Altar seiner Burgkapelle vor. Als Mechthilde merkte, dass der böse Kerl ihr Gewalt antun wollte, verfluchte sie ihn und wünschte sich auf den Grund des Huckinger Sees. Ihr Gebet wurde erhört, und sie lebt seither in den Tiefen des Moorsees. Die Burg des boshaften Veits aber versank mit ihr im Morast. Nur der grausame Ritter wandert seither als Waldgeist umher und sucht sein Heim. Und immer wenn ein Kind verschwindet, munkeln die Leute, der Riese hätte es geschnappt und als Opfer im See versenkt.«

»Wahnsinn, du kannst ja gruselig erzählen«, sage ich und reibe mir über meine Unterarme, wo sich schon eine Gänsehaut gebildet hat.

Thomas hustet verlegen. »Na ja, ich hoffe, ich hab dir keine Angst eingejagt. Wahrscheinlich wollte ich dich nur ein wenig beeindrucken. Paris bietet dir so viel mehr, als ich es hier könnte, aber im Schauergeschichtenerzählen war ich schon immer gut«, meint er und wendet den Blick ab.

»Da geb ich dir recht, und dieses Talent kannst du bestimmt prima bei Lagerfeuerabenden einsetzen.«

Mit leuchtenden Augen gesteht Thomas mir, dass er genau das auch vorhat, wenn er später mal den Hof seiner Eltern übernimmt. Er plant ein richtiges Ferienresort mit Reiterhofidylle, Indianerzeltstadt und Reitplatz. »Die paar Rösslein sind ein guter Anfang. Mein Traum ist es, eine richtige Ranch aufzubauen. Im Westernstil.«

»Das hört sich super an. Es ist schön, wenn man einen Plan hat. Ich habe keinen. Erst einmal die Schule schaffen und dann weitersehen. Meine Eltern wollen mich zwar immer dazu überreden, ins Bank- oder Immobiliengeschäft einzusteigen, aber ich hab kein gutes Gefühl dabei.«

»Lass dich nicht stressen. Du hast doch noch Zeit«, sagt Thomas. Er kaut auf einem Grashalm herum.

Ein paar Wildenten landen auf dem See. Vergnügt planschen sie mit den Flügeln im Wasser.

»Du … du … hast bestimmt einen Freund, oder?«, stottert Thomas plötzlich.

Ich verschlucke mich an meiner Erdbeere und huste wie verrückt. Die Enten flattern hektisch davon. Vor lauter Husten schießen mir die Tränen in die Augen. Thomas schlägt mir zwischen die Schulterblätter, und endlich bekomme ich wieder Luft.

»Sorry, ich hab wohl echt ein besonderes Talent, was Frauen betrifft. Da lerne ich endlich ein so nettes und traumhaft schönes Mädchen wie dich kennen, und dann bringe ich dich gleich zum Weinen!«

»Ach was, das lag am Husten«, sage ich schnell, bevor sich Thomas vor lauter Schuldgefühlen noch ins Moorwasser stürzt. Er ist ja irgendwie niedlich. Und unter anderen Umständen könnte er mir auch gefallen, aber momentan hab ich nur André im Kopf. Obwohl ich so viel Spaß habe, muss ich schon wieder an ihn denken. So ist das eben mit der Liebe.

»Weißt du, ich hab dich ein wenig beobachtet, und ich finde dich einfach toll. Ich weiß, du fliegst in ein paar Tagen zurück nach Paris. Aber vielleicht, wenn du es dir vorstellen kannst, dann kann ich auch mal nach Frankreich kommen, oder du …«

»Stopp«, sage ich und nehme seine Hand. »Du bist echt süß. So süß war noch nie ein Junge zu mir. Aber ich kann nicht.«

»Du hast einen festen Freund, stimmt's?« Thomas' Enttäuschung tut mir im Herzen weh. »Eh klar. Wie konnte ich nur glauben, dass so ein tolles Mädchen wie du noch Single ist!«

»So ist es aber. Ich bin nur in jemanden verliebt. Einen

Kerl, der es nicht verdient hat«, gestehe ich heiser, und dann erzähle ich Thomas einfach alles. Das ganze Desaster mit André, Helene, meinen fiesen Ratschlägen und meiner dummen Eifersucht. Er hört zu, ohne mich einmal zu unterbrechen. Mit jedem Wort fällt es mir leichter, und ich spüre, wie ein ganzer Steinhaufen von meinem Herzen purzelt. »Ich bin eine dumme Gans, nicht wahr?«, frage ich schließlich.

Thomas schüttelt den Kopf. »Nein, bist du nicht. Dämlich ist dieser André, wenn er nicht sieht, wie toll du bist. Er sollte eigentlich der glücklichste Junge der Welt sein. Der hat dich wirklich nicht verdient!«

Ich lache verlegen.

Thomas lächelt mich an. »Du bist viel zu schade für einen Kerl wie André. Ehrlich.«

»Danke.« Ich seufze. »Es hat gutgetan, sich alles einmal von der Seele zu reden. Glaubst du, dass Helene sehr sauer auf mich ist wegen dem Bowlen und dem Hard Rock Cafe?«

Thomas schüttelt den Kopf. »Wie ich sie kenne, gar nicht. Erzähl ihr einfach die ganze Story. Du wirst sehen, dass sie es locker nimmt. Sie hat ein gutes Herz, und in Sachen dämlich vor Liebe kennt sie sich bestens aus.«

»Okay. Dann werde ich ihr meine Eifersucht gestehen, sobald das Netz wieder funktioniert«, sage ich und bin plötzlich sehr erleichtert. In Thomas' Nähe fühle ich mich richtig wohl. Ich schätze, wir könnten echte Freunde werden, wenn ich länger hierbleiben würde. Schade, dass ich die Zeit hier nicht besser genutzt habe.

»Und traust du dir beim Heimritt einen leichten Trab zu, oder hast du Angst herunterzufallen?«

»Ich doch nicht. Mein zweiter Name ist Mut – Wagemut.«

»Dachte ich mir schon, dass du ein Mädchen bist, mit dem man Pferde stehlen kann.«

Wir sind viel zu schnell zurück in Fucking. Ich übergebe die Zügel wieder an Thomas und tätschle Fallabella noch mal den Hals.

»Danke für heute. Der Ausritt war wunderschön.«

»Mir hat es auch total gut gefallen. Versprichst du mir, wieder einmal nach Fucking zu kommen? Auch wenn dein Herz an Paris und diesem André hängt?« Thomas schaut mich erwartungsvoll an.

»Klar, ich muss doch meine Reitkünste verbessern. Außerdem sind wir doch Freunde.«

Thomas' Gesicht wird auf einmal ernst. »Ja, das sind wir«, sagt er dann überzeugt.

29

ZURÜCK AUF DEM HOF begrüßen mich eine quietschvergnügte Susi und ein frustrierter Florian. Ohne Internetverbindung ist er nur ein halber Mensch. Gelangweilt sitzt er auf der Ofenbank und krault das Ferkel.

»So ein Mist«, mault er. »Wie soll ich den Rest des Wochenendes nur überstehen? Der Mast soll erst am Montagnachmittag wieder in Betrieb gehen.«

Ich zucke mit den Schultern. »Du könntest die Zeit nutzen und an der Werbekampagne fürs Fuckinger Bier feilen. Um Fotos zu knipsen und zu texten, brauchst du kein Netz. Und wir haben auch noch genügend Material von unserem gemeinsamen Brauen. Das gehört ordentlich bearbeitet. Außerdem musst du noch deinen Vater überzeugen, endlich ein Gewerbe anzumelden. Das Bier, das sogar Handymasten in Maibäume verwandelt, muss einfach auf den Markt!«

Florian grinst. »Genau. So fucking crazy ist kein anderes Bier der Welt.«

Am nächsten Tag helfe ich Florian dabei, werbetaugliche Fotos zu schießen. Diesmal bleiben die Fuckinger Schürzen im Schrank. Stattdessen schlüpfen meine Gasteltern in ihre Trachten, die sie zuletzt beim Maifest trugen. Ich frisiere Erika noch die Haare, und auch beim Make-up lässt sie mir freie Hand. Als ich sie schminke, fühle ich mich wie eine richtige Masken- und Kostümbildnerin. Der Aufwand lohnt sich, denn am Ende sehen die beiden aus, als wären sie einer Almdudler-Werbung entsprungen.

»Fabienne, du solltest Stylistin werden«, meint Erika, als sie sich vor dem Spiegel dreht. »Oder Visagistin. Du bist ein echtes Naturtalent.«

Mir gefällt die Idee, und ich male mir aus, wie es wäre, in der Modebranche zu arbeiten.

»Mal sehen«, sage ich und schlage vor, auch gleich Erikas Unterwäsche neu in Szene zu setzen. Der Onlineshop ist zwar ganz nett, aber es fehlt der richtige Pfiff.

Meine Gastmutter holt eine alte Schaufensterpuppe aus dem Keller. Es macht Riesenspaß, die Slips und Hemdchen zu präsentieren.

»Ich hab die Idee«, ruft Florian grinsend. »Wir setzen Susi eine Unterhose auf den Kopf und schreiben als Slogan: Fuckinger Höschen, versauter geht's nicht!« Ohne eine Antwort abzuwarten, stürmt mein Gastbruder los und holt das kleine Schwein.

Erika meldet zwar Bedenken an, dass Susi mitmacht, aber ihre Sorgen sind unbegründet.

»Susi, sei lieb und lass den Schlüpfer auf. Dann gibt es nach der Knipserei auch ein Leckerli«, verspricht Florian. Anscheinend hat Susi jedes Wort verstanden, denn sie hält ganz still, während wir ihr einen mintgrünen Slip mit schweinchenrosa Stickerei aufsetzen. Die ungewöhnliche Kopfbedeckung scheint das Hausferkel nicht im Geringsten zu stören. Brav macht sie das Shooting mit und wird im Anschluss mit einer extragroßen Portion Speisereste belohnt.

Der Tag vergeht wahnsinnig schnell. Ich fühle mich richtig wohl inmitten meiner skurril-lieben Gastfamilie, und mir ist schon jetzt klar, dass mir alle schrecklich fehlen werden. Aber vielleicht schaffe ich es, dass meine Eltern auch etwas lockerer werden? Ein kleines bisschen mehr Familienleben wäre schon schön …

Abends im Bett fällt mir auf, dass ich in den letzten Stunden gar nicht mehr an André gedacht habe. Die Fuckinger haben mich glatt auf andere Gedanken gebracht. Schade, dass ich nur noch drei Tage hier bin. Jetzt, wo ich mich bei meiner Gastfamilie schon richtig zu Hause fühle und auch das kleine Schweinchen lieb gewonnen habe.

30

SEIT ICH IN DER SCHULE neben Marc sitze, kann ich mich nicht mehr auf den Unterricht konzentrieren. Es hat nicht lange gedauert, bis Marie-Claire und André gecheckt haben, dass wir zusammen sind. Kein Wunder, denn Marc und ich kleben aneinander, als hätte man uns Magnete eingebaut. Hin und wieder stichelt André zwar, aber ansonsten gibt er sich nach wie vor als charmanter Draufgänger.

»Er ist gekränkt, dass sich ein hübsches Mädchen wie du nicht für ihn, sondern für Marc interessiert«, erklärt mir Marie-Claire in der Pause. »Aber ich glaube, er freut sich auch für euch. Es ist halt schwer für ihn, nicht im Rampenlicht zu stehen.«

»Kann sein. Doch genau deswegen wäre André nicht der Richtige für mich gewesen. Ich und Rampenlicht, das passt nicht zusammen.«

Marie-Claire nickt nachdenklich. »Du hast wahrscheinlich recht. Du und Marc, ihr seid ein schönes Pärchen.«

Marc kommt in die Cafeteria. Er hat nur Augen für mich. Ich kann gar nicht wegsehen, so verzaubert er mich. Mein

Magen schlägt Purzelbäume. So ist das also, wenn man über beide Ohren verliebt ist. Man sieht nichts anderes mehr, leidet nach zehn Minuten ohne den anderen an Entzugserscheinungen und wartet nur darauf, dass er endlich wieder neben einem sitzt. Ich, Helene, bin fucking verliebt … und ich wage zu behaupten, Marc ist es auch.

Nach Schulschluss verabreden wir uns gleich für den Abend, zu einem Mondschein-Spaziergang. Quelle belle vie à Paris!

… dringend mit dir reden.

Mann, ich hab seit dem Zoobesuch nicht mehr in den Chat geguckt. Fabiennes Punkt leuchtet grün. Sie ist on. Ich überlege krampfhaft, was ich schreiben soll.

Hi, Fabienne. Ich glaube, ich weiß, was du mir sagen willst. Du hast mich absichtlich ins Hard Rock Cafe geschickt, stimmt's?

Helene! Mon Dieu, bin ich froh, dass du on bist. Du hast recht. Also, zuerst, es tut mir soooo unendlich leid. Ich war so eifersüchtig auf dich, weil du so viel mit André unterwegs warst. Meinem André, in den ich schon ewig verliebt bin. Leider. Aber wenn ihr beide inzwischen ein Paar seid, dann muss ich damit auch klarkommen. Viel wichtiger ist mir unsere Freundschaft. Verzeihst du mir?

Ich bin in Marc verliebt, nicht in André. Okay, André ist echt ein toller Typ, und ja, ich hab mich anfangs auch ein wenig in ihn verguckt, aber wir würden überhaupt nicht zusammenpassen. Weißt du, ich hatte mal einen Freund, der war so ähnlich wie André. Die Enttäuschung mit Levin hat mich gelehrt, vorsichtig zu sein. Aber erzähl, was ist mit dem Dirndl und warum warst du so lange nicht on?

Fabiennes Geschichte mit dem umgesägten Mast und der Trachten-Verwechslung ist so komisch, dass ich mit meinem Lachen Bastet verschrecke. Hocherhobenen Hauptes stolziert die königliche Katze aus dem Zimmer. Dann stelle ich die Frage, die mir auf der Seele brennt.

Was ist denn mit dir und André?

Ach, ich bin schon seit über einem Jahr in ihn verliebt, aber irgendwie ist alles schrecklich kompliziert. Als wir uns im Lycée kennengelernt haben, war er erst total charmant zu mir, und es hat eindeutig geknistert zwischen uns. Doch ich war irgendwie zu schüchtern. Und dann hat er angefangen, Musik zu machen, und hatte plötzlich lauter Fans und Verehrerinnen. Tja, und ich war nur noch sein Kumpel, bis zu dem Tag vor meinem Abflug. Am Abend davor war ich noch bei einem seiner Konzerte gewesen, und am Tag darauf hat er mich geküsst. So richtig, mit Zunge. Ich würde ihm fehlen, er würde an mich denken, er wünschte sich, ich würde nicht fliegen … all das hat er gesagt. Und ich dumme Kuh hab ihm geglaubt.

Mann, du Arme. Du bist nicht dumm. Nur verliebt. Ich kann dich so gut verstehen. Mir ging es damals mit Levin genauso. Ich hab ihm alles geglaubt. Jedes Wort.

Marc ist anders. Du wirst sehen. Er hat ein gutes Herz. Marc ist deine Liebe wert. Ganz bestimmt.

Glaub ich auch. Er ist so toll. Ich weiß gar nicht, wie ich es ohne ihn in Fucking aushalten soll. Heul! Wann komme ich denn wieder nach Paris?

Na, in den Sommerferien, wenn du magst. Ich lad dich ein, mein Gast zu sein.

Ehrlich?

Unbedingt. Meine Eltern haben bestimmt nichts dagegen, und ich will Susis Mama endlich persönlich kennenlernen.

Oh, Fabienne. DANKE! Ich ruf gleich Marc an und erzähl es ihm. Du bist die allerbeste Austauschfreundin der Welt. Ich drück dir die Daumen, dass du doch noch mit André zusammenkommst.

Ich auch, glaub mir. Darum will ich ihm auch noch eine Chance geben. Es kann doch nicht alles gelogen sein, was er gesagt hat, oder?

Glaube nicht. Er macht einen auf großer Rockstar, aber das ist bestimmt nur Fassade.

31

MARC HOLT MICH UM SIEBEN UHR AB. Es ist unser letzter gemeinsamer Abend. Mir schnürt es schon jetzt das Herz zusammen, wenn ich nur daran denke, dass ich Marc wochenlang nicht sehen werde.

Die Sonne versinkt orangerot am Himmel. Mehrere verliebte Paare schlendern durch den Park. Der Duft blühender Bäume hängt in der Luft. Es ist wie im Film. Fast zu schön, um wahr zu sein. Ich drücke Marcs Hand. Wieso hab ich nur so lange gebraucht, um zu erkennen, dass er der Richtige für mich ist?

Marc lächelt mich an. »Du bist so still«, sagt er.

»Ich bin nur etwas traurig. Wir hätten mehr Zeit gemeinsam verbringen können. Aber, tja …«

»Wahrscheinlich hätte ich mutiger sein sollen«, gesteht Marc. »Aber ich bin leider manchmal etwas feige. Außerdem hab ich mir gedacht, du stehst bestimmt auch nur auf …«

Ich wende mich ihm zu und nehme seine Hände.

»Du kannst immer noch mutig sein. Oder willst du den ganzen Abend nur reden?« Aufmunternd lächle ich ihn an.

Marc schluckt schwer, dann endlich küsst er mich. Alles ist genau so, wie es sein sollte. Paris im Frühling. Der aufgehende Mond über uns. Ein Straßenmusiker, der einen schwermütigen Chanson singt. Und ein Kuss unter dem Sternenhimmel. Für einen Moment steht die Zeit still. Dann dehnt sie sich zur Ewigkeit aus, und ich fühle, dass alles richtig ist. Marc und ich. Ich und Marc. So soll es sein …

Dieser Abend gehört nur uns beiden. Mir wird leichter ums Herz. Unsere Liebe fühlt sich so stark an, da können uns auch keine Ländergrenzen trennen.

»Willst du ein Eis?«, fragt Marc und deutet auf einen kleinen Stand.

Der ergraute Verkäufer sieht uns fragend an.

»Schoko und Haselnuss«, sagen Marc und ich wie aus einem Mund. Verdutzt blicke ich Marc an, dann müssen wir beide lachen.

»L'amour. Die Liebe.« Der Verkäufer grinst wissend. »Wie es scheint, habt ihr beide den gleichen Geschmack.« Er reicht uns zwei Tüten mit Schoko- und Haselnusseis.

Marc lädt mich ein, und wir setzen uns auf eine Parkbank.

»Du bevorzugst wohl auch die Schokoladenseite des Lebens?«, sage ich lächelnd.

»Genau, und darum hab ich mir auch eine zuckersüße Freundin gesucht.«

»Zuckersüß wie Schokolade?«, frage ich und lecke frech über sein Eis.

»He! Du hast dein eigenes!«

»Deins schmeckt aber besser«, erwidere ich lachend.

»Warte, das hol ich mir zurück!«

Schnell verstecke ich meine Tüte hinterm Rücken. Doch Marc macht gar keine Anstalten, mein Eis zu stibitzen. Stattdessen zieht er mich an sich und küsst mich wie noch nie zuvor. Mir wird so heiß, dass die Eiscreme in meiner Hand schmilzt.

»Wow«, keuche ich.

»Mutig genug?«, fragt Marc und leckt jetzt doch über mein geschmolzenes Eis. Er grinst übers ganze Gesicht.

Ich nicke und kichere. »Wir haben übrigens auch ganz köstliches Eis in Österreich. Meine Mama stellt selbst welches her, Erdbeer- und Waldbeereis. Das schmeckt sogar mir, obwohl ich eigentlich ein Schokotiger bin.«

»Das würde ich gern mal probieren«, flüstert Marc.

»Vielleicht kannst du uns ja im Sommer besuchen kommen?«, frage ich hoffnungsvoll.

Marc nickt und lächelt. »Eigentlich wollte ich es dir erst morgen am Flughafen verraten. Aber dann eben schon jetzt …«

»Was?«, will ich nervös wissen. »Sag schon!«

»Ich hab meine Eltern gefragt, ob wir nicht mal Urlaub in Österreich machen könnten. Meine Mutter fand die Idee super, weil sie schon immer mal nach Salzburg wollte, und zwei Tage später hatten wir auch meinen Vater überredet. Also fahren wir dieses Jahr ausnahmsweise nicht nach Korsika, sondern nach Österreich.«

»Ehrlich?« Ich falle Marc um den Hals. Das Eis tropft auf meine Hand, aber das ist mir egal.

»Ganz ehrlich! Drei Wochen Österreich. Und so, wie ich es verstanden hab, möchten meine Eltern auch gern den einen oder anderen Tag allein sein. Vielleicht kann ich ja ein paar Nächte bei euch – ?«

»Bestimmt sogar«, unterbreche ich ihn, »du kannst ganz sicher bei uns übernachten. Wir haben genug Platz. Ich werde mal mit Mama und Papa reden.«

»Super. Jetzt sollten wir aber endlich die kläglichen Reste von unserem Eis essen, bevor es ganz geschmolzen ist.«

Eng aneinandergeschmiegt beobachten wir das Treiben im Park.

Paris hat mein Herz erobert. Ich werde meine Zeit hier nie vergessen. Glücklich atme ich Marcs Duft ein. Er riecht so gut, genau so, wie Jungs riechen müssen.

Marc zieht sein Handy aus der Hosentasche und wirft einen Blick darauf. »Wir müssen los«, sagt er plötzlich. »Ich bin dir ja noch etwas schuldig, erinnerst du dich?«

Ich schüttle ahnungslos den Kopf.

»Leider muss ich dir den Großteil auch schuldig bleiben. Aber wenn du willst, dann kann ich dir zumindest einen kleinen Blick ermöglichen.«

Ich weiß nicht, was Marc vorhat. Er steht auf und hilft mir ebenfalls hoch. Wir spazieren zur Seine hinab. An einer unscheinbaren Anlegestelle liegt ein Boot. Es ist viel kleiner als der Touridampfer, mit dem wir letztes Mal gefahren sind. Neben dem Kapitän sind nur zehn Pärchen und eine Kartenverkäuferin an Bord. Marc wechselt ein paar Worte mit der Frau und drückt ihr einen Geldschein in die Hand. Nachdem wir unsere Tickets bekommen haben, gehen wir an Deck. Dort setzen wir uns auf eine Bank und kuscheln uns dicht aneinander.

Es gluckert laut, als der Kapitän den Motor startet und wir ablegen. Die Kartenverkäuferin meldet sich über den Lautsprecher zu Wort. »Willkommen an Bord der Petit coeur. Mein Name ist Veronique, und am Steuer sitzt heute Kapitän Pierre. Wir wünschen all unseren Gästen einen romantischen Abend. Gleich teile ich noch Decken und eine Liebesbowle aus. Lehnen Sie sich zurück und genießen Sie Paris bei Nacht. Unsere Endstation Notre-Dame erreichen wir in circa 40 Minuten. Viel Vergnügen!«, wünscht Veronique.

»Wir können die Kirche zwar nicht mehr besichtigen, aber ich dachte, die Aussicht vom Wasser aus ist auch ganz schön. Außerdem können wir dann noch um die große Dame herumschlendern, wenn du magst.«

Ich nicke und seufze. Genau so hab ich mir meinen ersten Freund immer erträumt. Was Marc verspricht, das hält er auch. Ich spüre, dass ich ihm wichtig bin. Zufrieden lehne ich mich an seine Schulter.

Veronique bringt uns eine warme Decke. Leise Musik klingt aus den Lautsprechern, und keine einzige Touriinformation stört das Ambiente. An Bord sind nur Verliebte, die Zeit mit ihren Liebsten verbringen wollen.

Jeder bekommt ein Glas mit Erdbeerbowle. Das süße Getränk prickelt fast genauso wie Marcs zärtliche Küsse. Mein neuer Freund legt den Arm um mich, und ich schmiege mich eng an ihn, während das glitzernde Lichtermeer von Paris an uns vorbeizieht.

Die Fahrt ist viel zu kurz. Schon taucht Notre-Dame vor uns auf. Es ist schon seltsam mit der Zeit. In der Schule, wenn ich Mathe hab, zieht sie sich wie klebriges Baumharz, und in Momenten wie diesen rast sie dahin wie eine Gnuherde, die von einem Löwen verfolgt wird.

»Meine Damen und Herren, in wenigen Augenblicken erreichen wir unsere Endstation. Wir hoffen, Sie hatten einen schönen Abend, und würden uns freuen, Sie bald wieder an Bord der Petit coeur begrüßen zu dürfen«, verabschiedet uns Veronique und sammelt die Gläser und Decken ein.

»Diese Fahrt hat mir viel besser gefallen als unsere erste«, sage ich und küsse Marc. »Tausend Dank.«

Er zuckt mit den Schultern, und ich möchte wetten, dass seine Wangen rot sind. »Gern geschehen. Komm, wir laufen einmal um Notre-Dame herum. Dann hab ich zumindest einen kleinen Teil meines Versprechens gehalten.«

»Du hast viel mehr als das«, sage ich.

Durch die nächtliche Beleuchtung wirkt Notre-Dame noch eindrucksvoller als am Tag.

»Schön«, ist alles, was ich herausbringe.

»Wie du«, sagt Marc und blickt mich an, als wäre ich ein ebenso imposantes Kunstwerk wie die Kathedrale.

Mir ist es in seiner Gegenwart nicht einmal mehr peinlich, dass ich rot werde. Ich nehme seine Hand und ziehe ihn mit mir. Langsam umrunden wir die große Kirche.

Marcs Griff wird immer fester. Die Glocken läuten.

»Oje, heute bring ich dich nicht rechtzeitig nach Hause. Ich hoffe, du verschwindest jetzt nicht einfach wie Aschenputtel, weil es schon nach Mitternacht ist. Ich hatte nämlich keine Zeit, die Stufen mit Pech zu bestreichen«, sagt Marc grinsend.

»Brigitte hat die Nach-Hause-komm-Regel für meinen letzten Abend ausgesetzt. Außerdem würdest du mich hoffentlich finden, wenn ich jetzt weglaufen würde. Schließlich weißt du, wo ich wohne.«

»Stimmt. Und wie viele Orte mag es schon mit dem Namen Fucking geben?«, meint Marc.

Ich boxe ihn in die Seite. Wir blicken hoch zu dem großen runden Kirchenfenster, das angeblich einen Durchmesser von zwölf Metern hat. Notre-Dame blickt auf uns herab, und ihre Glocken läuten nur für uns.

Marc zieht eine kleine Schachtel aus der Hosentasche und überreicht sie mir feierlich. »Damit du mich nicht vergisst.«

Mit zitternden Fingern öffne ich sie. Ein Herzanhänger liegt darin. Vorsichtig nehme ich ihn heraus. »Man kann ihn aufklappen«, sagt Marc und zeigt mir, wie es geht.

In dem Anhänger ist Marcs Bild eingraviert. Es ist das Foto, das wir auf dem Eiffelturm gemacht haben, als ich im wahrsten Sinne des Wortes zwischen Marc und André stand.

»Ich bin Hals über Kopf in dich verliebt, und ich hoffe, du wirst mich im Herzen tragen«, flüstert er.

»Ja«, murmele ich gerührt und umarme ihn. Heiße Tränen kullern mir über die Wangen. »Mir geht's genauso, aber ich komme mir so doof vor, dass ich jetzt gar kein Geschenk für dich hab.«

»Du bist mein größtes Geschenk.«

Zärtlich drückt er mich und nimmt mir meine Halskette ab.

»Darf ich?«, fragt er schüchtern. Als ich nicke, hängt er das Herz an meine Kette.

»Nicht weinen«, sagt er und legt mir meine Kette wieder um.

»Ich liebe dich«, sage ich heiser.

Seine Lippen trösten mein trauriges Herz. Marc und ich. Wir beide. Für immer. Diese Nacht könnte ewig dauern, aber das tut sie natürlich nicht. Als ich weit nach Mitternacht ins Bett falle, spüre ich Marcs Küsse noch immer auf meinem Hals. Alles ist gut.

32

DER MOMENT, vor dem ich so große Angst hatte, ist da. Ich kann die Tränen kaum zurückhalten. Alle sind am Flughafen, Marc, Marie-Claire und André, und sogar Brigitte und Richard haben sich extra freigenommen.

»Und einmal wöchentlich wird zu Hause gekocht, versprochen?«, sage ich zu Brigitte.

»Abgemacht«, ergibt sich Brigitte. »Ich weiß ja, dass du Fabienne danach fragen wirst.«

»Genau. Wenn ich wiederkomme, will ich deutliche Gebrauchsspuren am Herd sehen«, erwidere ich lachend.

Zum Abschied drücken und küssen mich noch mal alle. Dass es mir so schwerfallen würde, Paris zu verlassen, hätte ich nicht für möglich gehalten. Aber wie hätte ich auch ahnen können, was ich alles in Paris finden würde? Eine gehörige Portion Mut, einen großen Löffel Selbstbewusstsein und als Sahnehäubchen die Liebe. Als hätte Brigitte meine Gedanken gelesen, pfeift sie alle zurück. Meine Gastfamilie, André und Marie-Claire winken mir noch, bis sie außer Sichtweite sind. Nun bin ich mit Marc allein. Endlich.

Seine Arme umschließen mich und halten mich fest, als

wolle er mich nie wieder gehen lassen. »Bleib hier«, flüstert er.

»Ich komme wieder. Im August.«

Marc küsst mir meine Tränen von den Wangen. »Versprich es mir«, sagt er und schaut mich mit diesem süßen Dackelblick an, dem ich einfach nicht widerstehen kann.

»Ich schwöre es bei Susis Ringelschwänzchen«, sage ich und hebe die Hand.

»Das ist ein starker Schwur. Ich werde dich so vermissen«, haucht er mir ins Ohr.

Mein Flug wird aufgerufen. Ich muss los. Nach Hause. Weg von Paris. Weg von Marc.

Als ich im Flugzeug sitze, krampft sich alles in mir zusammen. Diesmal ist es nicht die Angst, die mir zu schaffen macht, sondern der Herzschmerz.

Paris, ich komme wieder. Bald. Ganz bald.

33

DA STEHE ICH, Fabienne Henry, und bin abfahrbereit. Neben mir wartet mein Riesen-Monster-Koffer mit dem kaputten Ausziehgriff. Inzwischen ist mir der Koffer egal. Die Zeit hier hat mich gelehrt, dass es Wichtigeres gibt als das perfekte Outfit. Ich werde meine Gastfamilie vermissen.

Auch Erika hat feuchte Augen. »Ich freu mich zwar so, meine Helene wieder in die Arme zu schließen. Aber du wirst mir schlimm fehlen, Fabienne. Durch dich hatten wir ein Stück große weite Welt in Fucking.«

»Ich werde euch auch alle vermissen. Es war wirklich schön hier. *Fucking good.*«

»Hab ich's dir nicht gleich gesagt?«, sagt Peter. Er hat zwar keine Tränen in den Augen, aber man sieht ihm an, wie schwer ihm der Abschied fällt.

Florian drückt kurz meine Hand. »Du denkst dran, daheim gleich die Fucking-Homepage zu checken? Ich lade deine Bilder sofort hoch. Du solltest sowieso unser Bier-Model werden. Papa eignet sich nicht so gut für unser Etikett, nicht mal mit lila Schürze.«

Ich nicke. Das ist wohl seine Art, mir zu sagen, dass er mich mag.

»Wir müssen, Fabienne. Sonst verpasst du noch deinen Flieger«, mahnt Peter zum Aufbruch.

In dem Moment kommt Susi wie ein Pfeil um die Ecke geschossen. Ihre Schweinsohren wackeln im Galopp.

»Tschüss, meine süße Susi«, verabschiede ich mich von dem Schweinchen und tätschle seinen Kopf. Seltsam, wie schnell ich mich mit der kleinen Sau angefreundet habe. Hier in Fucking habe ich tatsächlich ganz neue Seiten an mir entdeckt.

»Hast du die Unterwäsche eingepackt? Auch die für deine Eltern?«, fragt Erika aufgeregt.

Sie hat extra noch zwei Garnituren Fuckinger Unterhöschen gestickt. Ich nicke. Meine Mutter wird aus allen Wolken fallen, wenn ich sie ihr gebe. Da bin ich mir sicher. Peter lädt meinen Koffer ein und drängt zum Aufbruch.

Endlich steige ich ein. Der alte Wagen knattert, als Peter den Motor anlässt, aber selbst daran habe ich mich gewöhnt.

Ich winke meiner Gastfamilie und schlucke den Kloß hinunter, der sich in meiner Kehle gebildet hat. Jetzt drückt mein Herz. Mon Dieu, ich bin schon sehr sentimental.

Als wir das Ortsschild erreichen, fallen mir fast die Augen aus dem Kopf. Da stehen Thomas, seine Schwestern und die halbe Landjugend, sogar die kleine Blaskapelle ist gekommen. »Überraschung! Ein kleiner Abschiedsgruß, damit du uns Fuckinger in guter Erinnerung behältst«, erklärt Peter schmunzelnd.

Wir lassen die Fensterscheiben hinunter und fahren ganz langsam durch die Menge. Ich knipse ein paar Bilder mit dem Handy. So unglaublich nette Leute gibt es nur hier, und das muss ich einfach festhalten. Die Blaskapelle spielt ziemlich schräg die französische Nationalhymne, und dann grölen alle: »Fabienne is fucking good!«

Ich lache, und mir schießen vor lauter Rührung die Tränen in die Augen. Ich lehne mich weit aus dem Fenster.

»Danke! Ihr seid alle verrückt, total lieb verrückt. Danke!«, rufe ich.

Thomas kommt ans Fenster und drückt mir einen Kuss auf die feuchte Wange.

»Bis bald und grüß mir Paris,« sagt er und wischt mir die Tränen weg. Ich ringe mir ein Lächeln ab.

Dass mir der Abschied so wehtun würde, hätte ich niemals für möglich gehalten. Aber die Fuckinger haben mein Herz erobert. Nicht im Sturm, aber von Tag zu Tag mehr.

Wir fahren weiter. Ich winke den anderen, bis ich sie wirklich nicht mehr sehen kann. Madame Nain wird mir bestimmt nicht glauben, was ich hier alles erlebt habe, und meine Eltern werden die Köpfe schütteln.

Doch es stimmt wirklich: Ich kann jetzt Traktor fahren und reiten, hab mit einem Schwein in einem Zimmer geschlafen, Unterhöschen ins rechte Licht gerückt und Bier gebraut. Vor allem aber habe ich so viele liebe Menschen kennengelernt, dort, wo ich sie nie vermutet hätte: in Fucking.

Die Verabschiedung am Flughafen fällt zum Glück kurz aus. Peter schleppt meinen Koffer bis zum Schalter, dann umarmt er mich und wünscht mir eine gute Reise. Ich bin erleichtert, dass ich nicht noch mal weinen muss. Noch mehr Tränen hätte ich nicht verkraftet. Außerdem will ich nicht total verheult in Paris ankommen.

Nachdem die Maschine gestartet ist, lehne ich mich zurück und lasse die letzten drei Wochen Revue passieren. Ich bin glücklich. Fucking hat mich verändert, und zwar zum Guten. Zu Beginn meiner Reise konnte ich mir gar nicht vorstellen, wie lustig es hier werden würde. Doch rückblickend hatte ich wirklich eine tolle Zeit.

Jetzt gilt es nur noch, die Geschichte mit André zu klären. Ich atme tief durch und setze mir die Kopfhörer auf. Leise Musik rauscht in meinen Ohren, und ich spüre, dass alles gut werden wird. Paris, ich komme. André, ich komme!

34

ZWEI WOCHEN SPÄTER.

Und Susi geht es gut?

Die kleine Sau vermisst dich, Fabienne. Ich hab ihr die Socken, die du bei uns vergessen hast, ins Körbchen gelegt. Sie will nur noch darauf schlafen. Florian vermisst dich übrigens auch, oder besser gesagt, dein Talent, Fotos zu inszenieren. Paps hat ja die Brauerei angemeldet, und Florian bastelt gerade an einer Homepage dafür. Er ärgert sich immer tierisch, wenn Mama und Papa in ihren Alltagsklamotten zum Shooting kommen. Dann nennt er sie unprofessionell. Langsam glaube ich, Flo hat echt eine Meise. Er sieht sich selbst schon als großen Werbefachmann.

GG. Kann ich mir vorstellen. So wie André. Seitdem ihn diese Miniplattenfirma angesprochen hat, ist er völlig daneben. Er träumt schon davon, ein ganz großer Star zu werden. Wenn er nicht aufpasst, dann dreht er noch völlig durch, bevor er überhaupt bei den Probeaufnahmen war. Ich muss ihn immer wieder auf den Boden der Tatsachen zurückholen.

Kann ich mir vorstellen. Marc hat sich gestern am Telefon auch schon gehörig beschwert. Mann, ich kann es kaum erwarten, dass endlich Ferien sind. Ich vermisse ihn so uneeeeeendlich. Aber zum Glück werden wir uns bald sehen. Erst kommt er mit seiner Familie nach Salzburg, und dann fliege ich zu euch nach Paris! Tausend Dank, dass ich noch mal bei euch wohnen darf.

Aber gerne doch. Ich freu mich schon sehr.

Entschuldige, aber ich bin schrecklich neugierig und muss dich einfach fragen: Was ist jetzt eigentlich mit dir und André? Marc konnte mir auch nichts Genaueres sagen.

Ach, ich verkauf mich nicht unter Wert. André hat zwar geschworen, dass es nur noch mich in seinem Leben geben soll, aber Menschen ändern sich nicht von heute auf morgen. Ich lass es langsam angehen. Küssen ja, mehr nein. Auf jeden Fall haben wir am Samstag ein Date. Wir wollen ins Kino gehen, danach vielleicht was essen und romantisch durch den Park spazieren. Ich will etwas Ernstes, nicht ein x-beliebiges Groupie sein.

Das klingt doch gut! Ich drück dir die Daumen. André soll endlich erkennen, was er an dir hat. Du bist so eine tolle Freundin.

Hm. Ich freu mich, wenn du kommst. Chatten ist nicht das Gleiche. Wir werden bestimmt eine tolle Zeit haben.

Ich kann es auch kaum erwarten. Jetzt muss ich leider Schluss machen für heute. Die letzten Prüfungen stehen an, und ich darf nur nach Paris, wenn die Noten stimmen. Da sind meine Eltern streng. Aber ich bin zuversichtlich, dass ich es schaffe. Meine Französischnote ist jedenfalls schon gerettet.
Bis ganz bald.
Küsschen von mir und Susi
Deine Helene

Alles Gute von mir. Du schaffst das!
Bises & à bientôt

Pink